시가 내게로 왔다 3

■ 이 도서의 국립중앙도서관 출판시도서목록(CIP)은
e-CIP 홈페이지(http://www.nl.go.kr/ecip)에서 이용하실 수 있습니다.
(CIP제어번호: CIP2010000880)

시가 내게로 왔다 3

김용택

마음산책

시가 내게로 왔다 3

1판 1쇄 발행 2010년 3월 15일
1판 12쇄 발행 2025년 3월 15일

지은이 | 김용택
펴낸이 | 정은숙
펴낸곳 | 마음산책

등록 | 2000년 7월 28일(제2000-000237호)
주소 | (우 04043) 서울시 마포구 잔다리로3안길 20
전화 | 대표 362-1452 편집 362-1451   팩스 | 362-1455
홈페이지 | www.maumsan.com
블로그 | maumsanchaek.blog.me
트위터 | twitter.com/maumsanchaek
페이스북 | facebook.com/maumsan
인스타그램 | instagram.com/maumsanchaek
전자우편 | maum@maumsan.com

ISBN 978-89-6090-072-1 03810

* 책값은 뒤표지에 있습니다.

이 야만의 시대에 낯선 시들이 내게로 찾아와
나를, 내 온몸을 떨게 한다.

□ 차례 □

시인 김용택이 사랑하고, 감동하고, 희구하고, 전율한 시들

더딘 사랑

이정록

돌부처는
눈 한 번 감았다 뜨면 모래무덤이 된다
눈 깜짝할 사이도 없다

그대여
모든 게 순간이었다고 말하지 마라
달은 윙크 한 번 하는 데 한 달이나 걸린다

해가 저물고 있었다. 나는 10월의 들판길을 걸어 퇴근하고
있었다. 들은 텅 비어 있었다. 들 끝에 배추밭이 있었고, 그 배
추밭 끝에서 강물이 부서지고 있었다. 한 여자가 배추를 뽑고
있는 것이 먼 데서도 보였다. 그 여자가 배추를 담은 소쿠리를
머리에 이더니, 논두렁길을 두고 빈 논을 질러오고 있었다. 머
리에 인 소쿠리 속 배추가 춤을 추듯 출렁였다. 출렁이는 배추
로 인해 여자가 씩씩해 보였다. 그 여자는 길을 버리고 나를 향
해 거침없이 걸어오는 듯했다. 나와 가까워지자 나를 의식했는
지 멈칫 섰다가는 논두렁으로 올라섰다. 그러고는 나와 마주
오는 길을 버리고 다섯 발쯤 떨어진 논두렁길을 걸어 나를 비
껴갔다. 눈을 내리깔고 있었다.
　그해 겨울, 눈이 펑펑 내리는 크리스마스 때 작은 가게에서
나는 그 여자에게 주려고 물방울무늬가 있는 머플러를 샀다.
그리고 두 달 후 그 여자에게 편지를 썼다. 편지 쓰는 손이 덜
덜 떨렸다. 그 여자는 나에게 「그 여자네 집」이라는 시를 쓰게
했다.

빗소리

안도현

저녁 먹기 직전인데 마당이 왁자지껄하다

문 열어보니 빗줄기가 백만 대군을 이끌고 와서 진을 치고
있다

둥근 투구를 쓴 군사들의 발소리가 마치 빗소리 같다

부엌에서 밥 끓는 냄새가 툇마루로 기어 올라온다

왜 빗소리는 와서 저녁을 이리도 걸게 한상 차렸는가

나는 빗소리가 섭섭하지 않게 마당 쪽으로 오래 귀를 열어
둔다

그리고 낮에 본 무릎 꺾인 어린 방아깨비의 안부를 궁금해
한다

이 시인의 시가 다양해지고 있다. 세상을 향한 귀의 길이는 길어져서 멀리 가고 시야는 자기 눈길보다 넓어졌다. 그리하여 시인답게 상상은 자기 손이 닿지 않은 곳까지 간다. 시인은 그런 것들을 불러 모은다. 불러 모아 줄을 세우기도 하고 공중에 띄워놓기도 하고 차렷시켜놓기도 한다. 그 직렬·병렬 세우기를 허물고 얻은 자유야말로 시와 시인의 폭과 높이와 깊이를 가늠케 한다. 끝이 보이지 않는 암흑이야말로 시인이 갈 길이다. 걱정 안 해도 된다. 방아깨비는 눈꺼풀이 애초에 없다.

새들의 페루

신용목

새의 둥지에는 지붕이 없다
죽지에 부리를 묻고
폭우를 받아내는 고독, 젖었다 마르는 깃털의 고요가 날개
를 키웠으리라 그리고

순간은 운명을 업고 온다
도심 복판,
느닷없이 솟구쳐오르는 검은 봉지를
꽉 물고 놓지 않는
바람의 위턱과 아래턱,
풍치의 자국으로 박힌

공중의 검은 과녁, 중심은 어디에나 열려 있다

둥지를 휘감아도는 회오리
고독이 뿔처럼 여물었으니

하늘을 향한 단 한 번의 일격을 노리는 것
새들이 급소를 찾아 빙빙 돈다

환한 공중의, 캄캄한 숨통을 보여다오! 바람의 어금니를 지나
그곳을 가격할 수 있다면

일생을 사지 잘린 뿔처럼
나아가는 데 바쳐도 좋아라,
그러니 죽음이여
운명을 방생하라

하늘에 등을 대고 잠드는 짐승, 고독은 하늘이 무덤이다,
느닷없는 검은 봉지가 공중에 묘혈을 파듯
그곳에 가기 위하여

새는 지붕을 이지 않는다

이 풋풋함, 이 싱그러움과 자유로움과 악착같음은 김소월도 김수영도, 서정주도 김지하도 고은도 신경림도 황지우도 아니다. 분명한 것은 한 시대는 갔다는 것이다. 자본에 대한 저항과 그 반대편에 서고자 했던 순수한(?) 시대는 가고, 삶 속에 뿌리 박은 현실적이고도 강렬한 새로운 기운이 젊은 시인들의 몸에서 기운차게 뿜어져 나오고 있다. '운명을 방생하는 자유'는, 이제 저 유구하고 지루하고 고루하고 형식에 얽매인 서정의 시대가 갔음을 예고한다. 현실에 뿌리내리지도 못한 낭만적인 사랑, 혁명에 실패한 비극적 서정의 비현실성 위에 젊은 시인들은 새로운 세상을 건설하려 드는 것이다. 자기에게도, 외부의 어떠한 불순한 세력에게도 눈치를 보지 않고 현실로 당당하게 파고들어 완전히 독립된 세계를 향해 가는 것이다. 그들은 산아래 강 언덕에 집을 지으려 하지도 않고 도시의 뒷골목으로 간다.

木蓮

김경주

마루에 누워 자고 일어난다
12년 동안 자취(自取) 했다

삶이 영혼의 청중들이라고
생각한 이후
단 한 번만 사랑하고자 했으나
이 세상에 그늘로 자취하다가 간 나무와
인연을 맺는 일 또한 슽하다
문득 목련은 그때 핀다

저 목련의 발가락들이 내 연인들을 기웃거렸다
이사 때마다 기차의 화물칸에 실어온 자전거처럼
나는 그 바람에 다시 접근한다
얼마나 많은 거미들이
나무의 성대에서 입을 벌리고 말라가고 서야
꽃은 넘어오는 것인가
화상은 외상이 아니라 내상이다
문득 목련은 그때 보인다

이빨을 빨갛게 적시던 사랑이여
목련의 그늘이 너무 뜨거워서 우는가

나무에 목을 걸고 죽은 꽃을 본다
인질을 놓아주듯이 목련은
꽃잎의 목을 또 조용히 놓아준다
그늘이 비리다

"시인, 작가 이런 건 직업이 아니라 상태라고 생각해요. 그래서 전 저를 '시인'이라고 하지 않고 시 쓰는 사람이라고 합니다." 이 시인이 한 말이다. 희곡 작가, 공연기획자, 출판기획자는 그의 또 다른 직업이다. '문화저격수'를 모토로 하는 무경계문화펄프연구소 '츄리닝바람'을 이끄는 것은 물론 미술, 사진, 음악 등 손대지 않는 분야가 없단다. "내연이든 외연이든, 시적으로 표현하고 싶은데 형식적 한계를 느낄 때 영화나 공연 등 공간의 몸을 빌리는 것이죠. 또 연극 등으로 표현할 수 없는 건 결국 시의 세계로 가져옵니다. 모든 작업이 시의 자장력을 바탕으로 연동하는 거죠." 그는 그렇게 말했다. 그는 우리 사회가 암암리에 만든 확실한 도발자다.

사진으로밖에 보지 못했지만 자유로운 그의 눈빛은 때로 사람을 두렵게 한다. 번득이리라. 못 견디리라. 어찌 참겠는가. 그의 몸 안에서 소용돌이치는 저 몸부림을. 그는 자다가도 벌떡 일어나 꿈을 현실로 가져와 문득 목련을 마구잡이로 피울 것 같다.

대칭이 나를 안심시킨다

강신애

어머니의 방과
나의 방은
쌀이랑 과일이랑* 가게를 중심으로 대칭이다

어머니는
뚱뚱한 몸을 뒤뚱거리며
딸의 불안을 감시하러 들락거리시고

나는
껍데기뿐인 생을 공글려
어머니의 불안을 보살피러 들락거린다

화투로 하루의 운을 떼보는 母와
신문 '오늘의 운세'를 읽는 女

발이 상처나면 쉽게 썩어버리는 당뇨인데
예쁜 구두만 고집하는 母와
거꾸로 매달려 살아도
뾰족구두만 고집하는 女

쌀이랑 과일이랑 가게에서 대칭인 무료함
쌀이랑 과일이랑 가게에서 대칭인 공범자
쌀이랑 과일이랑 가게에서 대칭인 일몰의 자화상

너무 사랑하여
千歲不變, 타클라마칸 사막의 모래알 같은
판박이의 경지

듬성듬성 상처난 어머니의 자궁과
잉태를 꿈꾸는 나의 자궁도 대칭이다

* 가게 이름

　사람들을 서 있게 하는 대칭의 중심은 어느 지점인가. 그러
나 대칭의 중심은 없다. 다만 서로 잡은 손을 놓지 않을 뿐이
다. 홀로 앉아 화투로 운을 떼보는 자는 2월 매조나 화사한 3월
벚꽃을 꿈꾼다. 2월 매조 화투 넉 장 중에 매화꽃 가지에 앉은
파랑새, 이게 뚝 떨어져야 매화가 피는 것이다. 가지에 앉은 등
파랗고 몸 노란 새가 바라보는 쪽이 대칭이다. 나도 거의 날마
다 신문의 운세를 본다. 아내 것까지. 하루의 대칭이 있어야 하
니까.

가지가 담을 넘을 때

정끝별

이를테면 수양의 늘어진 가지가 담을 넘을 때
그건 수양 가지만의 일은 아니었을 것이다
얼굴 한번 못 마주친 애먼 뿌리와
잠시 살 붙였다 적막히 손을 터는 꽃과 잎이
혼연일체 믿어주지 않았다면
가지 혼자서는 한없이 떨기만 했을 것이다

한 닷새 내리고 내리던 고집 센 비가 아니었으면
밤새 정분만 쌓던 도리 없는 폭설이 아니었으면
담을 넘는다는 게
가지에게는 그리 신명 나는 일이 아니었을 것이다
무엇보다 가지의 마음을 머뭇 세우고
담 밖을 가둬두는
저 금단의 담이 아니었으면
담의 몸을 가로지르고 담의 정수리를 타 넘어
담을 열 수 있다는 걸
수양의 늘어진 가지는 꿈도 꾸지 못했을 것이다

그러니까 목련 가지라든가 감나무 가지라든가

줄장미 줄기라든가 담쟁이 줄기라든가

가지가 담을 넘을 때 가지에게 담은
무명에 획을 긋는
도박이자 도반이었을 것이다

일상의 반란이 시다. 시인은 낡은 현실이 싫다. 그래서 늘 새로운 세상을 건설하려고 한다. 시가 혁명적일 수밖에 없는 이유가 여기에 있다. 1970년대에서 2010년 지금까지 우리 시의 다양성은 눈이 부실 지경이다. 시의 시대니, 시가 갔느니 하는 말들은 할 말 없는, 공부를 게을리 한 사람들의 허튼 수작이다. 작은 물줄기들이 흐르다가 보면 땅의 균형에 따라 한 줄기로 모일 것이다. 지금 우리 시는 다양성을 넓히는 중이다. 물줄기들은 흐른다. '무명의 일획을 긋' 고 있는 것이다. 그 시들을 읽으며 나는 수시로 가슴속에 더운 기운이 벅차오르곤 했다. 숨이 차오르면 심호흡을 했다. 내 어느 곳을 향해 일획을 긋는 것 같은 작은 전율을 느끼곤 했다.

야채사(野菜史)

김경미

고구마, 가지 같은 야채들도 애초에는
꽃이었다 한다
잎이나 줄기가 유독 인간 입에 달디단 바람에
꽃에서 야채가 되었다 한다
달지 않았으면 오늘날 호박이며 양파들도
장미꽃처럼 꽃가게를 채우고 세레나데가 되고
검은 영정 앞 국화꽃 대신 감자 수북했겠다

사막도 애초에는 오아시스였다고 한다
아니 오아시스가 원래 사막이었다던가
그게 아니라 낙타가 원래는 사람이었다고 한다
사람이 원래 낙타였는데 팔다리가 워낙 맛있다 보니
사람이 되었다는 학설도 있다

여하튼 당신도 애초에는 나였다
내가 원래 당신에게서 갈라져 나왔든가

이렇게나 자유자재로 엉뚱한 상상력을 동원한 시도 드물다. 이 엉뚱한 '학설' 때문에 이 시를 읽고 내가 바라보는 주위의 모든 것들이 지금 '저게 저것이 아니지?' '저 책이 연필이 아니었을까?' 싶다. 여기 있는 연필통이 지금 아파트 정원에서 아주머니를 따라가는 강아지는 아니었을까. 아주머니를 불러 그 강아지가 내 강아지라고 마구 우기고 싶다. "아주머니, 당신이 입고 있는 그 스웨터가 우리 집 벽지였대요."

가족

윤제림

새로 담근 김치를 들고 아버지가 오셨다.
눈에 익은 양복을 걸치셨다.
내 옷이다, 한 번 입은 건데 아범은 잘 안 입는다며
아내가 드린 모양이다.

아들아이가 학원에 간다며 인사를 한다.
눈에 익은 셔츠를 걸쳤다.
내 옷이다, 한 번 입고 어제 벗어놓은 건데
빨랫줄에서 걷어 입은 모양이다.

이 시에 대해서 할 말 없다. 이 시에 대한 여러 가지 생각은 각자가 알아서들 하고, 할 말들 다 각자 알아서 하라.

아침 됩니다 한밭식당 / 유리문을 밀고 들어서는, / 낯 검은 사내들, / 모자를 벗으니 / 머리에서 김이 난다 / 구두를 벗으니 / 발에서 김이 난다 // 아버지 한 사람이 / 부엌 쪽에 대고 소리친다. / 밥 좀 많이 퍼요.
　—「가정식 백반」 전문

윤제림 시인의 다른 시다. '밥 좀 많이 퍼요'라는 구절 때문에 이 시를 소개 안 할 수 없었다. 참 리얼하다. 따뜻하다.

사랑의 지옥

유하

정신없이 호박꽃 속으로 들어간 꿀벌 한 마리
나는 짓궂게 호박꽃을 오므려 입구를 닫아버린다
꿀의 주막이 금세 환멸의 지옥으로 뒤바뀌었는가
노란 꽃잎의 진동이 그 잉잉거림이
내 손끝을 타고 올라와 가슴을 친다

그대여, 내 사랑이란 그런 것이다
나가지도 더는 들어가지도 못하는 사랑
이 지독한 마음의 잉잉거림,
난 지금 그대 황홀의 캄캄한 감옥에 갇혀 운다

유하는 〈말죽거리 잔혹사〉〈쌍화점〉 등 영화를 만든 감독이
기도 하다. 배짱도 좋다. 영화판이 어떤 곳이라고 거기서도 성
공을 거두었다. 아마 유하는 가슴속에 잉잉거리는 호박벌 떼를
키우고 있는지 모른다. 호박벌 떼를 가두어두고 있으니, 속이
얼마나 잉잉거리고 복잡하고 뜨겁겠는가. 그는 그런 자기의 속
을 황홀한 감옥이라고 말한다.

아무것도 그 무엇으로도

이병률

눈은 내가 사람들에게 함부로 했던 시절 위로 내리는지 모른다

어느 겨울밤처럼 눈도 막막했는지 모른다

어디엔가 눈을 받아두기 위해 바닥을 까부수거나 내 몸 끝 어딘가를 오므려야 하는지도 모르고

피를 돌게 하는 것은 오로지 흰 풍경뿐이어서 그토록 창가에 매달렸는지도 모른다

애써 뒷모습을 보이느라 사랑이 희기만 한 눈들, 참을 수 없이 막막한 것들이 잔인해지는지도 모른다

자신의 비명으로 세상을 저리 밀어버리는 것도 모르는 저 눈발

손가락을 끊어서 끊어서 으스러뜨려서 내가 알거나 본 모든 배후를 비비고 또 비벼서 아무것도 아니며 그 무엇이 되겠다는 듯 쌓이는 저 눈 풍경 고백 같다, 고백 같다

'창비'에서 시집을 내는 시인과 '문지'에서 시집을 내는 시인들의 시는 세상을 바라보는 눈이나 세상을 해석하고 표현하는 형식과 내용이 약간씩 다르다. 거기에 문학동네 시인들의 시는 창비 쪽으로 6시 10분 방향쯤 기울어져 있다. 신기하다. 아주 신기하다. 한 나라에서 시를 쓰고 사는 사람들의 시가 이렇게 오랫동안 경향이, 세상을 바라보는 표현의 차이가 집단적으로 다르다는 것은 참 이상한 일이다. 시인들도 그걸 잘 알아서 자기 시가 창비로 갈 시인지, 문지로 갈 시인지 알고 있다. 문지에서 시집을 낸 시인이 창비에서 시집을 내기도 하는데, 드물다. 김선우가 문지와 창비에서 시집을 냈다. 나는 문지의 시보다는 창비의 시집을 많이 사 보는 편이다. 창비의 시들을 보면 너무 뻔한 것 같고, 문지의 시들은 확실하게 이해가 되지 않는 것들이 많다. 확실함과 애매함 사이에 놓일 확실한(?) 시가 탄생할 때를 우린 놓쳤거나 잃어버렸는지도 모른다. 우리 시의 나무에는 상처가 많다. 먼 훗날 이 생채기들이 슬프고 반짝 눈물 나리라. 아름다우리라.
　흰 눈 위로 한 사나이가 걸어간다. 비명을 지르며 그는 고백하고 싶은 것이다. 비명의 배후는 사랑일지 모른다.

나비

신용목

건넛집 마당에 자란 감나무 그림자 골목 가득 촘촘히 거미
줄을 치고 있다

허공에서 저 검은 실을 뽑은 이는 달빛인데
겨울밤 낙엽 우는 외진 뒷길에 누구를 매달려는 숨죽인 고
요 기다림인가

섶 기운 보따리로 홀아비 자식을 다니러 오는 다 늙은 어미
를 노리나
끈 풀린 안전화로 이국의 달력을 찢으러 노는 낯 붉은 사내
를 벼리나

건넛집 담에 박힌 소주병 파란 사금파리가 달빛의 낯을 그
어 먼 북극에서부터 바람은 차고

달빛이 쳐놓은 허공의 바닥에 오늘은 누구의 울음이 달려
나비처럼 파닥일까

독자와의 대화 — 신용목

질) 시를 쓴다는 것은 시인 스스로에게 어떤 의미인가.

답) 그 시절에 대한 예의라고 생각한다. 인간의 감정은 시간이 지나면 흩어져버린다. 누군가는 이런 감정을 잡아주고 기록하는 일이 필요하다. 그래야 세계를 바꾸는 힘으로도 작용하는 게 아닐까 싶다.

질) 문단에서 '바람의 시인'이라고 불린다. 시집 제목에도 '바람'이 등장한다. 바람은 무슨 의미인가.

답) 우리의 움직임과 삶이 바람이 가는 곳인 것 같다. 평소에 책 잘 안 읽고 공부도 안 하는 편이다. 허공을 멍하니 보면서 저기에는 뭐가 있을까 생각했다. 그런데 그게 바람이더라. 보이지 않지만 존재하는 모든 게 바람이 아닐까 싶다.

위 글은 인터넷신문 〈북데일리〉에서 가져왔다.

눈이 부신 시다. 시인이 가 닿는 형상들이 찬란하다. 파닥이는 나비의 날개는 우리 모두의 날갯짓이다. 자유로운 상상의 날개다. '달빛이 쳐놓은 허공의 바닥에 오늘은 누구의 울음이 달려 나비처럼 파닥일까'는 '보따리'와 '안전화'로 연결되어 현실로 파르르 떨린다.

영웅

이원

오늘도 나는 낡은 오토바이에 철가방을 싣고
무서운 속도로 짜장면을 배달하지
왼쪽으로 기운 것은 오토바이가 아니라 나의 생이야
기운 것이 아니라 내 생이 왼쪽을 딛고 가는 거야
몸이 기운 쪽이 내 중심이야
기울지 않으면 중심도 없어
나는 오토바이를 허공 속으로 몰고 들어가기도 해
길을 구부렸다 폈다
길을 풀어줬다 끌어당겼다 하기도 해
오토바이는 내 길의 자궁이야
길은 자궁에 연결되어 있는 탯줄이야
그러니 탯줄을 놓치는 순간은 절대 없어

내 배후인 철가방은 안팎이 똑같은 은색이야
나는 삼류도 못 되는 정치판 같은 트릭은 쓰지 않아
겉과 속이 같은 단무지와 양파와 춘장을
철가방에 넣고 나는 달려
불에 오그라든 자국이 그대로 보이는
플라스틱 그릇에 담은 짜장면을

랩으로 밀봉하고 달려

검은 짜장이 덮고 있는 흰 면발이

불어 터지지 않을 시간 안에 달려

오토바이가 기울어도 짜장면이 한쪽으로

쏠리지 않는 것

그것이 내 생의 중력이야

아니 중력을 이탈한 내 생이야

표지판이 가리키는 곳은 모두 이곳이 아니야

이곳 너머야 이 시간 이후야

나는 표지판은 믿지 않아

달리는 속도의 시간은 지금 여기가 전부야

기우는 오토바이를 따라

길도 기울고 시간도 기울고 세상도 기울고

내 몸도 기울어

기울어진 내 몸만 믿는 나는

그래 절름발이야

삐딱한 내게 생이란 말은 너무 진지하지

내 한쪽 다리는 너무 길거나 너무 짧지

그래서 재미있지
삐딱해서 생이지 절름발이여서 간절하지
길이 없어 질주하지

달리는 오토바이에서 나는 가끔은 뒤를 돌아봐
착각은 하지 마 지나온 길을 확인하는 것이 아니야
나도 이유 없이 비장해지고 싶을 때가 있어
생이 비장해 보이지 않는다면
대단해 보이지 않는다면
어느 누가 온몸이 데는 생의 열망으로 타오르겠어
그러나 내가 비장해지는 그 순간
두 개의 닳고 닳은 오토바이 바퀴는 길에게
파도를 만들어주지
길의 뼈들은 일제히 솟구쳐오르지
길이 사라진 곳에서 나는
파도를 타고 삐딱한 내 생을 관통하지

자본은 늘 인간을 향해 반문명적 짐승의 날카로운 이빨을 드러내고 야수처럼 달려든다. 그 막강한 힘이 뻔뻔하게도 권력과 한통속이 되어 인간성을 억압, 착취하고 인간다운 생태계를 교란, 파괴한다. 자본이 잔인한 것은 자본을 행사하는 당사자도 용서 없이 파괴한다는 사실 때문이다. 자본주의 사회에서 망가지지 않는 인격은 없다. 자본은 일관된 삶을 방해한다. 방어가 전무한, 이 피할 수 없는 자본의 거리를 오토바이는 달린다. '몸이 기운 쪽이 내 중심이야' 하며 달린다. 비장해진다. 닿으면 불꽃이 일 것 같은 인간과 인간의 사이사이를, 그 좁게 벌어진 틈들을 이리저리 비집고 중심을 찾아 아슬아슬 달린다. 순간순간이 위태한 우리 삶의 중심을 이만큼 잡아주는 시도 드물다. 중심이 쿵쿵 숨을 쉬는 심장 같다. '오토바이가 기울어도 짜장면이 한쪽으로 / 쏠리지 않는 것 / 그것이 내 생의 중력이야 / 아니 중력을 이탈한 내 생이야'. 나는 자장면을 배달하는 오토바이들의 곡예를 보며 늘 이렇게 말을 해왔다. 저 사람들 지금 우리 사회에 엄청 불만이 많을 거야. 그런데 저 사람들이 저렇게 달려도 자장면은 온전하겠지?

고딕시대와 낭만주의자들

강성은

뾰족한 첨탑 위에 갇힌 누군가 구름에 편지를 써요
그럴 때 구름은 검은 빗방울을 뚝뚝 떨어뜨리지요
구름의 얼룩진 편지를 읽은 어떤 이들은
울음을 멈추고 검은 강물 속으로 몸을 던집니다
도시엔 무서운 전염병이 돌고
녹색의 박쥐떼가 공중을 날아다닙니다
창백한 입술을 잃은 자들은
곧 두 손과 머리털을 잃고 두 눈알과 심장을 잃었지요
점점 희미해져 우리는 우리를 잃었지요
당신과 나의 비밀 이야기는 입속에서 입속으로
공기와 밤의 중얼거림을 통과하고
얼룩진 편지는 얼룩 고양이가 물고 밤의 담장 너머로 사라
집니다
　우리는 내일의 날씨를 예측할 수 있지만
　내일의 악몽을 점칠 수는 없었어요
　빗방울은 때로 격렬하게 내립니다
　한 방울 뒤에는 수천만 우주의 모든 물방울들이
　뾰족하고 오래된 첨탑 위의 편지는
　전해오는 이야기 속에서 날마다 더 아름다워져갑니다

우리는 첨탑 위로 답장을 보내는 법을 모르고
얼음이 어는 순간과 얼음이 녹는 순간 슬픔의 음역을
영원히 알 수 없겠지만

기이하다. 참으로 기이하다. 현실인가. 잠인가. 꿈인가. 아니면 상상인가. 손에 잡히지 않은 사물들이 떠돈다. 어쩐 일인지 내 손에 잡힌 사물도 떠돈다. 마음에 그려지지 않는 그림들이 낱장으로 날아다닌다. 둥둥 뜬다. 떠다닌다. 뭉크인가. 피카소인가. 샤갈인가. 세잔인가. 아니면 아바타인가. 몽유인가. 그도 아니면 한 편의 동화인가. 다 아니다. 시를 다시 한 번 읽어보면, 가만가만 읽어보면 그게 현실이다.

그냥

시다. 시의 나라다.

死後의 바람

강정

　오래전 한 편의 詩가 끝나고 바람이 불었다
　사람들이 짐승의 거죽을 뒤집어쓴 채 민둥산의 태양을 끌
어내렸다

　불타는 시간들은 그대로 숲이 된다
　인간이 인간 바깥으로 떠돌아 짐승의 마음을 허공에 쓴다

그는 록 밴드의 리더로 살고 있다고 한다. 부드러운 서정이, 아니, 독하고 음산한 서정이 그의 시를 읽는 사람의 몸과 마음을 잔뜩 오그라들게 한다. 젊은 미래파라 불리는 이 시인의 시에는 음지에서 자라는 버섯 같은 불안한 어둠이 묻어 있다. 도시의 한쪽 구석, 세상에서 소외되었거나 독립된 소통 부재의 그곳에서 그의 시는 버섯처럼 핀다. 〈세계일보〉 조용호의 글에서 보았는데, 그는 지금도 혼자 있을 때 자주 운다고 한다. 가끔씩 울어주어야 무언가 해갈이 되는 느낌이라고 한다. 울 때가 되면 음악 하나 듣고도, 혹은 집안일을 생각하면서 스스로 그런 느낌을 조장한다고 한다. 뭔가 명징하게 보이면 오히려 비현실적으로 느껴져서 슬퍼진다고. 그가 '키스' 한 곳에서 버섯이 핀다. '오래전 한 편의 시가 끝나고 바람이 불었다'는 구절은 썩은 풀과 흙을 밀고 올라오는 버섯이 세상의 바람과 햇빛을 맛보는 시원스러운 맛이다. 그리고 다른 구절들은 그 구절을 위해 있는 것처럼 보인다. 우리가 살고 있는 세상을 새로운 눈으로 보고 새롭게 해석해내는 게 미래파다. 선배들에게 아쉬운 소리 안 하겠단다. 독립은 식민지 국가에서만 필요한 게 아니다. 잘하는 짓이다.

언니네 이발소

김이듬

    내리막길에서 급정거를 한 건 순전히 한 사내 때문이었죠 흙먼지 뒤집어쓴 머리를 쑥 내밀며 막 땅 속에서 솟아오르는 죽순 같았어요 나는 도로 묻히려는 그 사내를 다독거려 백일홍 가지에 약속을 걸어두고 맞은편 이발소로 데려갔어요 육계 머리칼을 뜯어 비눗물에 담그고 문질렀지요 뻣뻣하던 머리칼이 파래처럼 부드러워졌어요 의자에 누워 있던 사내의 튀어나온 눈이 따가울까 봐 나는 출렁이는 젖가슴으로 닦아냈지요 매일 머리를 감겨 달래면 어쩌나 화를 내면 어쩌지 내가 도로 사내의 팔을 부축해서 밖으로 나왔을 땐 어느새 노을 지고 백일홍 꿈결같이 졌네요

    어디쯤이었을까

    나는 사내를 끌어올린 구덩이를 찾지 못하고 두꺼운 이불을 걷어내듯 도로를 헤집는데 사내는 일을 마친 성기처럼 안으로 쑤욱 들어가 얼굴만 내민 석인상이 되었네요

    나의 기억에 반쯤 묻힌 당신을 꺼내
    하루에도 몇 번씩 닦아드려요
    어디쯤에서 잘못되었나 고민하다가
    광한루 지나

만복사지 옆 비탈길에서
비뚤하게 다시 만나면 안 될까요

현실과 가상의 경계를 구분 짓지 못하게 하는 상상력을 통해 시인들은 현실을 능가하기도 하고, 현실을 풍자하기도 하고, 흐려놓기도 하고, 상상의 세계가 현실이 되게 하기도 한다. 도대체 시인들의 머릿속에는 어떤 그림들이 요동을 치고 있을까. 무슨 생각들이 살고 있을까. 이 시인이 남원 광한루 지나 만복사지 길을 걸어는 보았을까. 반쯤 묻힌 석상을 어디서 보기는 보았을까. 그 신기한 석상을……. 진짜, 이별은, 그 사랑은 어디쯤에서 잘못되었을까. 정말 모호하다. 그 되돌릴 수 없는 사실이…….

멀리 있어도 사랑이다

정윤천

눈앞에 당장 보이지 않아도 사랑이다. 어느 길 내내, 혼자서 부르며 왔던 어떤 노래가 온전히 한 사람의 귓전에 가 닿기만을 바랐다면, 무척은 쓸쓸했을지도 모를 서늘한 열망의 가슴이 바로 사랑이다.

고개를 돌려 눈길이 머물렀던 그 지점이 사랑이다. 빈 바닷가 곁을 지나치다가 난데없이 파도가 일었거든 사랑이다. 높다란 물너울의 중심 속으로 제 눈길의 초점이 맺혔거든, 거기 이 세상을 한꺼번에 달려온 모든 시간의 결정과도 같았을, 그런 일순과의 마주침이라면, 이런 이런, 그렇게는 꼼짝없이 사랑이다.

오래전에 비롯되었을 시작의 도착이 바로 사랑이다. 바람에 머리카락이 헝클어져 손가락 빗질인 양 쓸어 올려보다가, 목을 꺾고 정지한 아득한 바라봄이 사랑이다.

사랑에는 한사코 진한 냄새가 배어 있어서, 구름에라도 실려오는 실낱같은 향기만으로도 얼마든지 사랑이다. 갈 수 없어도 사랑이다. 魂이라도 그쪽으로 머릴 두려는 그 아픔이 사랑이다.

멀리 있어도 사랑이다.

♥

　사랑이 사랑의 말을 낳는다. 이런 순간을 겪어보지 않은 사람이, 사랑이 있겠는가. 누구에겐들 홀로 온 밤을 뒤척이며 헤매보지 않은 사랑이 있겠는가. 누군들 사랑 후에 사랑의 뜻과 정의를 내려보지 않은 사람이 있겠는가. 사랑하면 사람들이 사는 곳이 온통 사랑이다. 그리고 온통 이별이다. 이별 후에 오는 사랑의 말이 진짜다. 사랑할 땐 몰랐던 말들이 사랑 후엔 마음을 후벼 판다. 그래도 사랑하라. 사랑이 없다면 어찌 삶이 삶이 겠는가.

사랑의 물리학

상대성원리

박후기

나는 정류장에 서 있고,
정작 떠나보내지 못한 것은
내 마음이었다
안녕이라고 말하던
당신의 일 분이
내겐 한 시간 같았다고
말하고 싶지 않았다
생의 어느 지점에서 다시
만나게 되더라도 당신은
날 알아볼 수 없으리라
늙고 지친 사랑
이 빠진 턱 우물거리며
폐지 같은 기억들
차곡차곡 저녁 살강에
모으고 있을 것이다
하필,
지구라는 정류장에서 만나
사랑을 하고
한시절

지지 않는 얼룩처럼
불편하게 살다가
어느 순간
울게 되었듯이,
밤의 정전 같은
이별은 그렇게
느닷없이 찾아온다

'밤의 정전 같은 이별'을 안 해본 사람은 이별에 대해 말을 말어. 이별이 얼마나 캄캄한지 땅이 푹 꺼지는 사랑을 안 해본 사람은 사랑에 대해 말을 말어. 느닷없는 것 중에 으뜸이 이별이라. 그 아픔은 이별 후에 늦고 더디게 그러나 진짜 아프게 온다는 것을 확인하지 않은 사람은 이별의 아픔에 대해 말을 말어. 이 지랄 같은 상대성의 물리적 이별이여!

모르는 척, 아프다

길상호

술 취해 전봇대에 대고
오줌 내갈기다가 씨팔씨팔 욕이
팔랑이며 입에 달라붙을 때에도
전깃줄은 모르는 척, 아프다
꼬리 잘린 뱀처럼 참을 수 없어
수많은 길 방향 없이 떠돌 때에도
아프다 아프다 모르는 척,
너와 나의 집 사이 언제나 팽팽하게
긴장을 풀지 못하는 인연이란 게 있어서
때로는 축 늘어지고 싶어도
때로는 끊어버리고 싶어도 하지 못하는
감전된 사랑이란 게 있어서
네가 없어도 나는 전깃줄 끝의
저린 고통을 받아
오늘도 모르는 척,
밥을 끓이고 불을 밝힌다
가끔 새벽녘 바람이 불면 우우웅…
작은 울음소리 들리는 것도 같지만
그래도 인연은 모르는 척

시인 이재무는 이 시인에 대해 이르기를 "언어의 바느질 솜씨가 촘촘하다"고 했다. 시인들은 '참말로' 말도 잘한다. 이 시도 촘촘한 바느질 솜씨가 돋보이는 시다. 전봇대에 오줌을 누며 혼자 하는 소리 같지만 이 시인의 욕은 전깃줄을 타고 이 나라 모든 가정으로 배달되어 불빛이 된다.

슬픔이 없는 십오 초

심보선

아득한 고층 아파트 위
태양이 가슴을 쥐어뜯으며
낮달 옆에서 어찌할 바를 모른다
치욕에 관한 한 세상은 멸망한 지 오래다
가끔은 슬픔 없이 십오 초 정도가 지난다
가능한 모든 변명들을 대면서
길들이 사방에서 휘고 있다
그림자 거뭇한 길가에 쌓이는 침묵
거기서 초 단위로 조용히 늙고 싶다
늙어가는 모든 존재는 비가 샌다
비가 새는 모든 늙은 존재들이
새 지붕을 얹듯 사랑을 꿈꾼다
누구나 잘 안다 이렇게 된 것은
이렇게 될 수밖에 없었던 것이다
태양이 온 힘을 다해 빛을 쥐어짜내는 오후
과거가 뒷걸음질 치다 아파트 난간 아래로
떨어진다 미래도 곧이어 그 뒤를 따른다
현재는 다만 꽃의 나날 꽃의 나날은
꽃이 피고 지는 시간이어서 슬프다

고양이가 꽃잎을 냠냠 뜯어먹고 있다
여자가 카모밀 차를 홀짝거리고 있다
고요하고 평화로운 듯도 하다
나는 그 길 가운데 우두커니 서 있다
남자가 울면서 자전거를 타고 지나간다
궁극적으로 넘어질 운명의 인간이다
현기증이 만발하는 머릿속 꿈 동산
이제 막 슬픔 없이 십오 초 정도가 지났다
어디로든 발걸음을 옮겨야 하겠으나
어디로든 끝간에는 사라지는 길이다

이 찰나, 존재, 슬픔이 없는 15초, 아니, 단 1초 동안만이라
도 얼굴을 보여다오 삶이여! '가능한 모든 변명을 대면서 길들
이 사방'으로 휜 길로 '남자가 자전거를 타고 지나간다. 궁극
적으로 넘어질 운명'을 안은 삶이여!

　이 시인의 시 「식후에 이별하다」를 선택할까, 「슬픔이 없는
십오 초」를 선택할까 오래오래 망설였다. 그러다 결론을 이렇
게 내렸다. 혹 이 시를 읽는 분이 있다면 「식후에 이별하다」를
꼭 한번 권하기로 말이다. 그러면 내 맘이 편할 것 같아서 말이
다. 나는 식후 15초 만에 그렇게 결정했다.

숲

이영광

   나무들은 굳세게 껴안았는데도 사이가 떴다 뿌리가 바위를 옮겨 조이듯 가지들이 허공을 잡고 불꽃을 튕기기 때문이다 허공이 가지들의 氣合보다 더 단단하기 때문이다 껴안는다는 것은 이런 것이다 무른 것으로 강한 것을 전심전력 파고든다는 뜻이다 그렇지 않다면 나무들의 손아귀가 천 갈래 만 갈래로 찢어졌을 리가 없다 껴안는다는 것은 또 이런 것이다 가여운 것이 크고 쓸쓸한 어둠을 정신없이 어루만져 다 잊어버린다는 뜻이다 그런데도 이글거리는 포옹 사이로 한 부르튼 사나이를 有心히 지나가게 한다는 뜻이다 필경은 나무와 허공과 한 사나이를, 딱따구리와 저녁 바람과 솔방울들을 온통 지나가게 한다는 뜻이다 구멍 숭숭 난 숲은 숲字로 섰다 숲의 단단한 골다공증을 보라 껴안는다는 것은 이렇게 전부를 다 통과시켜주고도 제자리에, 고요히 나타난다는 뜻이다

이 시를 읽고 있으면 나무들이 빽빽한 숲 속을 돌아다니는 것 같다. 이 시를 다시 읽으면 인파로 북적이는 종로 거리를 돌아다니는 것 같다. 또 읽으면 다시 나무들이 울울창창 우거진 숲 속을 걸어 다니는 것 같다. 다시 한 번 읽으면 북적이는 도시의 인파 속을 돌아다니는 것 같다. 인간의 숲과 나무의 숲이 다르지 않다. 인간의 숲을 이만큼 리드미컬하게 표현한 시도 드물다. 숨이 가쁘게 저잣거리와 숲을 오가게 하는 이런 시도 드물다. 아니, 함께 소용돌이치게 하는 시도 드물다. 우리 시가 깊어지고 넓어졌다. 땅을 많이 산 것이다.

고비라는 이름의 고비

김민정

고비에 다녀와 시인 C는 시집 한 권을 썼다 했다 고비에 다녀와 시인 K는 산문집 한 권을 썼다 했다 고비에 안 다녀와 뭣 하나 못 읽는 엄마는 곱이곱이 고비나물이나 더 볶게 더 뜯자나 하시고 고비에 안 다녀와 뭣 하나 못 쓰는 나는 곱이곱이 자린고비나 떠올리다 시방 굴비나 사러 가는 길이다 난데없는 고비라니 너나없이 고비라니, 너나없이 고비는 잘 알겠는데 난데없는 고비는 내 알 바 아니어서 나는 밥숟갈 위에 고비나물이나 둘둘 말아 얹어 드리는데 왜 꼭 게서만 그렇게 젓가락질이실까 자정 넘어 변기 속에 얼굴을 묻은 엄마가 까만 제 똥을 헤쳐 까무잡잡한 고비나물을 건져 올리더니 아나 이거 아나 내 입 딱 벌어지게 할 때 목에 걸린 가시는 잠도 없나 빛을 보자 빗이 되는 부지런함으로 엄마의 흰머리칼은 해도 해도 너무 자라 반 가르마를 땋아 내린 두 갈래 길이라는데 어디로 가야 하나 조금만, 조금만 더 필요한 위로는 정녕 위로 가야만 받을 수 있는 거라니 그렇다고 낙타를 타라는 건 상투의 극치, 모래바람은 안 불어주는 게 덜 식상하고 끝도 없는 사막은 안일의 끝장이니 해서 나는 이른 새벽부터 고래고래 노래나 따라 부르는 까닭이다 한 구절 한 고비, 엄마가 밤낮없이 송대관을 고집하는 이유인 즉슨이다

'얼마 전 조의금 봉투를 여러 장 포개 들고 장례식장에 다녀
왔다. 몹시도 추운 날이었다. 혼자였다. 결혼식장은 안 가도 맘
이 편한데 장례식장은 안 가면 맘이 불편하니 어떻게든 나 편
하겠다는 심보로 서둘렀던 길이었다. 상주와의 맞절에도 발가
락 꼬물거리며 쭈뼛쭈뼛하던 내가 "얼마나 심려가 크십니까?"
라고 그 빤한 위로의 말을 건네는데 순간 나 자신에게 닭살이
훅 일었다. 그러니까 나도 결국 그렇고 그런 어른이 되어버린
것이다.'

김민정 시인이 어딘가에 쓴 글 일부를 옮겼다.

이 시인의 시를 읽고 있으면 진짜 일상사가 슬프다. 너무 세
세해서 눈물이 다 나오려 한다. 아버지에게 혼이 난 어머니의
두런거림 같고, 선생님에게 억울하게 당하고 울먹이면서 속으
로 투덜거리며 복도를 걷던 옛날 학생 시절의 내 심정 같다. 세
세한 일상 속에서의 반전을 노리는 노련함 또한 세련되게 세세
하다. 꼼지락거리며 기어가는 벌레를 보고 있으면 진짜 슬프
다. 그렇지 않은가.

하이네 보석가게에서

김행숙

언니, 나는 비행기를 탈 거야. 나는 아무것도 버리지 않았는데, 갑자기 너무 가벼워졌어. 마리오는 아름다운 남자야.

안녕. 나는 보따리 장사를 할 거야. 보석가게에서 나는 아름다움을 감정하지. 가짜가 얼마나 아름다울 수 있는지 아는 건 멋진 일이야. 언니, 곧 부자가 될게. 라인 강가에서.

한국 남자를 사랑해보지 못했어. 오늘밤에도 언니는 시를 쓰고 있니? 언젠가는 언니 시를 읽고 감동하고 싶어. 안녕.

11월에 나는 마리오를 만나지. 언니는 한국어로 사랑을 고백할 수 있어? 우리가 어렸을 때 문방구에서 마론 인형을 훔치는 언니를 봤어. 눈물이 주르르 모래처럼 흘렀어.

언니, 우리가 아주 어렸을 때 모래는 가장 아름다운 흙의 형상이었지. 나는 매일 밤 기도를 해. 언니가 우리 집을 떠나던 날에 나는 왜 쓸쓸해지지 않았을까? 언니를 위해 기도할게. 안녕.

이장욱 시인이 밝힌 바와 같이 "서정에서 일탈하여 다른 서정에 도달한" 시인 김행숙의 행보는 "'현대시'의 어떤 징후"가 되었고, 이 첫 시집을 통해 그녀는 "시를 쓴다는 것은 윤리학과 온전히 무관한 사춘기적 '경계'에 머문다는 뜻"임을 보여주었다.

그녀의 시가 난해하게 느껴진다면 그것은 우리가 알고 있는 세계가 그만큼 협소하기 때문이다. 그녀의 시가 혼란스럽게 느껴진다면 그것은 우리가 알고 있는 자아가 그만큼 진부하기 때문이다. 그런 우리에게 그녀의 시는 은은하게 권유하고 발랄하게 유혹한다. '시뮬라크르들을 사랑하라.' 김행숙 시의 정언명령이다. 그리고 이것은 시도 할 수 있는 일이 아니라 시만이 할 수 있는 일 중 하나다.

—신형철(문학평론가)

모른다

김소연

꽃들이 지는 것은
안 보는 편이 좋다
궁둥이에 꽃가루를 묻힌
나비들의 노고가 다했으므로
외로운 것이 나비임을
알 필요는 없으므로

하늘에서 비가 오면
돌들도 운다
꽃잎이 진다고
시끄럽게 운다

대화는 잊는 편이 좋다
대화의 너머를 기억하기 위해서는
외롭다고 발화할 때
그 말이 어디에서 발성되는지를
알아채기 위해서는

시는 모른다

계절 너머에서 준비 중인
폭풍의 위험수치생성값을
모르니까 쓴다
아는 것을 쓰는 것은
시가 아니므로

나는 즐겁고 신바람이 났다. 늦바람 난 노처녀같이 괜히 홍얼거리고 동당거리고 무슨 일이 일어날 것 같은 기대와 홍분을 감추지 못했다. 아내가 나더러 물었다. "당신 무슨 일 있어? 신바람이 났네. 혹시 나 모르게 여자가 생긴 것 아녀?" "워매, 어치고 알았대야." 젊은 시인들의 시는 대체적으로 저 유구한 가부장적인 전통으로부터, 그들의 짜증나고 궁둥내 나는 눈치로부터 독립되어 있다. 스스로 하나씩 나라를 만들어 가고 있는 그 현실이 나를 즐겁고도 신나게 했다. '아는 것을 쓰는 것은 시가 아니므로.' 이 독립선언이 유쾌하고 장쾌하지 않은가. 아는 것을 쓰는 시처럼 맥풀어진 시는 없다. 우린 뻔한 시를 너무 많이 써왔다. 너무 옳고 바르고 정직하고 진실한 것에 강요당하며 살았다. 정의로움이 지겹다. 그것들이 지루한 보수가 되었다. 꽃잎이 진다고 시끄럽게 울지 마라.

지하도로 숨다

장정일

공습같이 하늘의 피 같은 소낙비가 쏟아진다
그러자 민방위 훈련하듯 우산 없는 행인들이
마구잡이로 뛰어 달리며 비 그칠 자리를 찾는다
나는 오래 생각하며 마땅한 장소를 물색할 여유도 없이
가까운 지하도로 내려가 몇 분쯤 비를 피하기로 했다
계단에서부터 달싹한 무드 음악이 내리깔리는 지하도
비 한 방울 스며들지 않는 지하도가 믿음직스럽다
언젠가 그날이 와서 몇십만 메가톤의 중성자탄을 터트린다 해도
사십 일간의 홍수가 다시 진다 해도 끄덕하지 않을 지하도
나는 느릿하게 지하도의 끝과 끝을 거닌다
검둥개라도 한 마리 끌고 다녔으면 그 참 멋진 산보일 것인데
슬금슬금 윈도를 훔쳐보는 나에게 어린 점원들이
들어와 구경하시라고도 하고 어떤 걸 찾으세요 묻기도 한다
각종 의류며 생활용품 그리고 식당에서 화장실까지 거의
완벽한 지하도
그러면 이런 공상을 해보기도 한다. 이곳에서 여자 만나
연애하고 아이 낳고 평생 여기 살 수도 있을 것이라고……
바깥에서 비가 그쳤는지 어떠한지 도무지 여기서는 알 수

가 없다

　도무지 바깥의 기상을 알 수 없는 여기는 무덤인가

　장신구며 말이며 몸종과 비단 옷감이며 씨앗 단지들

　그 많은 부장품을 함께 매장한 여기는 고대인의 무덤인가

　지하도의 끝에서 끝으로 한 번 더 걸으며 윈도에 비친 얼
굴을

　쳐다본다. 창백해진 얼굴, 아아 내가 이 무덤의 주인인가?

　그러고 보니 이번에는 아무 점원도 나를 불러 세우거나 묻
지 않는다

　그래 나는 유령 이제는 비가 그쳤기도 하련만 지상으로 올
라가기가 싫다

　이렇게 할 일 없이 걷다가 방금 내려온 친한 친구라도 만나면

　반갑게 악수하면서 모르는 지상의 이야기를 듣고 싶다

　아니 감쪽같이 숨어 있고 싶다 사흘을 여기 숨었다가

　계단을 밟고 집으로 돌아가 보는 재미도 괜찮으리라

　전화도 전보도 없이 사흘간을 아무 연락 없이 잠적해버리면

　어머니는 얼마나 슬퍼하시련가 두 번이나 나를 체포하고
고문한

　내가 가장 싫어하는 파출소 같은 데다 실종신고를 내시지

는 않을까
　하지만 나는 유유히 돌아가리라 그리고 나는 부활했다
　휘황찬란한 백 촉 전구가 불 밝히고 늘어선 문명의 무덤을
걷어차고
　나는 솟아올랐다. 들어라 나는 재림 예수라고 소리치면
　사람들은 믿을 것이다 안 믿을 것이다 아마 믿을 수밖에 없
을 것이다
　안 믿을 수밖에 없을 것이다 아아 믿거나 말거나
　비를 피해 나는 지하도로 숨은 적이 있는 것이다

리드미컬한 영화의 한 장면 같다. 줄줄 읽힌다. 시인은 이 시를 써놓고 매우 만족했을 것 같다. 평소에 생각한 시를 이렇게 서성거리지 않고 줄줄 쓴 경우가 그리 많지 않기 때문이다. 머릿속이 얼마나 핑핑 돌며 이것저것들을 더듬어 담았을까. 그는 이 시를 통해 가슴속에 막혀 있던 것이 뚫리고 활활 부활했으리라. 시인이 자기 마음에 드는 시 한 편을 써놓고 나면 세상 부러울 게 없는 법이다. 장정일 시인도 아마 그랬으리라. 보아라! '나는 재림 예수라고' 하지 않는가.

소가죽 구두

김기택

비에 젖은 구두
뻑뻑하다 발이 잘 들어가지 않는다
신으려고 애쓰면 애쓸수록
구두는 더 힘껏 가죽을 움츠린다
구두가 이렇게까지 고집을 부린 적은 없었다
구두 주걱으로 구두의 아가리를 억지로 벌려
끝내 구두 안에 발을 집어넣고야 만다
발이 주둥이를 틀어막자
구두는 벌어진 구두 주걱 자국을 천천히 오므린다
제 안에 무엇이 들어왔는지도 모르고
소가죽은 축축하고 차가운 발을 힘주어 감싼다

내 구두도 소가죽인가? 나도 이따금 구두 주걱으로 구두의 아가리를 억지로 벌려 발을 집어넣는다. 그러면 진짜로 구두가 발을 힘주어 감싼다. 이 시를 읽고 나서 느낀 건데 시인은 참 신기하다. 누구나 한 번쯤은 겪어보았을 것을 이렇게 멋지게 써분다. 신 신을 때 생각하라, 구두가 당신의 발을 물고 영원히 놓지 않을까를. 그러면 큰일 아닌가.

뚝섬 유원지

이근화

발을 열심히 굴리는 연인들을 싣고
오리는 기우뚱거리며 교각 쪽으로 흐른다
오렌지색 방수복을 입은 사람들은 안전하고
오리는 한결같은 표정을 짓고 있다

국적을 알 수 없는 비닐 연들이 꼬리를 매달고
늙은이와 아이들을 들어 올린다
스낵카에서 국수를 삶는 여자는
그 꼬리들과 눈을 잠깐 맞추었을 것이지만

캔 맥주를 따고 오징어를 마저 뜯어 먹는 사람들
푹신한 잔디 위로 두 다리를 쭉 뻗는다
교각 쪽으로 흘러갔던 오리들이 되돌아오려면 멀었다
바람을 타고 오르는 연들도 쉬워 보이지 않는다

하늘에도 강물 속에도 부서진 계단은 있을 것이다
다시 저녁의 동그란 식탁으로 우우 몰려갈 사람들
오리들이 몰고 오는 어둠과 숭숭 솟아오르는 풀들
조금씩 가늘어지는 팔과 다리들

봄의 수염처럼 풀들의 먼 조상처럼
우리가 다른 오리들을 선택했더라도
우리는 지금 여기에 이르렀을까
플라스틱 오리들은 내내 한강을 기억할 것이다

한 편의 시는 한 나라. 독립된 한 국가이고 정부다. 시는 우리가 사는 세상의 내각을 조직한다. 시는 우리가 사는 세상에 대한 해석과 표현 중에서 가장 현실적인 말을 한다. 다만 사람들은 늘 자기들이 많이 쓰는 말과 형상만 현실적이라며 시를 비현실적으로 이해한다. 시의 나라가 너무 넓어서 사람들은 시가 어렵다고 한다. 시는 지구의 속살이다. 시는 사람들이 잘 가보지 않은 나라다. 시인은 현실에다 상상의 나라를 세우고 상상의 세계에다 현실을 그리기도 한다. 시는 놀랍게도 우리 삶을 둥그런 식탁에 불러 모으기도 한다. 시인은 말한다. "인간이나 세계가 점점 발전한다, 나아진다는 환상이 굉장히 위험한 것 같다. 그 속에서 퇴화하는 것들이 있는데 발전 담론에 빠져 묻히는 그런 중요한 것들을 돌봐야겠다고 생각했다"고.

아파트가 운다

최금진

가난한 사람들의 아파트엔 싸움이 많다
건너뛰면 가 닿을 것 같은 집집마다
형광등 눈밑이 검고 핼쑥하다
누군가는 죽여달라고 외치고 또 누구는 실제로 칼로 목을
긋기도 한다
밤이면 우울증을 앓는 사람들이
유체이탈한 영혼들처럼 기다란 복도에 나와
열대야 속에 멍하니 앉아 있다
여자들은 남자처럼 힘이 세어지고 눈빛에선 쇳소리가 울린다
대개는 이유도 없는 적개심으로 술을 마시고
까닭도 없이 제 마누라와 애들을 팬다
아침에 보면 십팔평 칸칸의 집들이 밤새 욕설처럼 뱉어낸
악몽을 열고 아이들이 학교에 간다
운명도 팔자도 모르는 아파트 화단의 꽃들은 표정이 없다
동네를 떠나는 이들은 정해져 있다
전보다 조금 더 살림을 말아먹은 아내와
그들을 자식으로 두고 죽은 노인들이다
먼지가 풀풀 날리는 교과서를 족보책처럼 싸짊어지고 아이
들이 돌아오면

아파트는 서서히 눈에 불을 켠다
이빨이 가려운 잡견처럼 무언가를 갉아먹고 싶은 아이들을
곁에 세워놓고
잘사는 법과 싸움의 엉성한 방어자세를 가르치는 젊은 부부는
서로 사랑하지 않는다
밤이면 아파트가 울고, 울음소리는
근처 으슥한 공원으로 기어나가 흉흉한 소문을 갈기처럼
세우고 돌아온다
새벽까지 으르렁거린다
십팔, 십팔평 임대아파트에 평생을 건 사람들을 품고
아파트가 앓는다, 아파트가 운다
아프다고 콘크리트 벽을 쾅쾅 주먹으로 머리로 받으면서
사람들이 운다

자본이 모아놓은 온갖 이해득실들이 치고받고 득실거리며
부딪치고 불꽃을 튕긴다. 자본이 뱉어낸 이 불꽃들의 아우성은
가히 눈이 부실 지경이다. 이 유인지경(?)의 치열한 삶의 현장
을 모아놓고, 시인은 우리더러 두 눈 똑똑히 뜨고 들여다보라
한다. 뭐가 보이냐고, 자꾸 무엇이 보이냐고 자세히 들여다보
라 재촉한다. '건너뛰면 가 닿을 것 같은 집집마다 형광등 눈밑
이 검고 핼쓱'한 저 이웃들을 보라 한다.

표범약사의 비밀 약장

문혜진

자물쇠를 채운 캐비닛, 감춰둔 만다린 오렌지빛 알약들, 태엽 장치를 풀고 표범약사는 매일 자신을 위한 처방을 내리지 피가 솟구치는 오전에 세 알, 참을 수 없이 화가 치밀어 혈관이 폭발하는 저녁에 다섯 알, 말랑말랑한 귓볼, 솜털로 뒤덮인 목덜미를 물어뜯고 싶어 눈알이 튀어나오면, 팔뚝에 진정제를 투여하고 약국 바닥을 긁으며 뒹굴지 식사하러 나간 척 셔터를 내려두고

빌딩 벽을 기어오르다 119 구조대원이 출동한 날, 술 취한 손님이 유리창을 깨부수거나 자살을 결심한 전갈자리 눈빛들, 비실대며 들어와 진통제를 요구하는 소녀들은 백이면 백 낙태 수술 환자, 단식원에서 도망친 아이돌 가수의 광기로 불타는 입술, 얼굴에 칼자국 난 젊은 전과자 살의에 번득이는 눈빛, 술병 난 샐러리맨이 토해낸 오물을 뒤로한 채 표범약사는 약국 문을 닫고 소주를 마신 후 침대에 누워, 황홀한 장면을 불러올 비밀스런 수액을 혈관에 꽂지

누구나 자기만의 기념비적인 마취제가 필요해! 약국 문은 닫혀 있고 의사들은 들고양이 파업 중, 어이없이 죽지 마! 견

딜 수 없다면 셔터 뒤에서 거품을 물고 누워 마음껏 울부짖
어! 가슴에 투명한 진통파스를 붙이고 가쁘게 숨 쉬며 달리다
보면 어느새 건조한 대지와 도시의 직사각형 정원, 자살한 병
자들의 서랍이 있는 냉동실에서 양귀비꽃이 필 거야!

어째 좀 으스스하지 않아? 서울 같아. 서울을 큰 드럼통 하나에 가두어둔 것 같아. 뒷골목 푸른 연기가 나고 얕은 물웅덩이가 푸른 불빛 아래 반짝이고, 술 취한 사내가 비척거리고 가면 어떤 사내가 마구 골목길을 달려오다가 이 취한 사내와 부딪치고 취한 사내는 쓰러지지. 그리고 뒤늦게 두 명의 사내가 식식거리며 달려오다가 넘어진 사내를 흘깃 내려다보다가 사라지지. 그러고는 냉동실 위에 누운 사내, 가 이 시 속의 사내가 아닐까. 어째 좀 으스스하네. 하필 이때 양귀비꽃이라니, 좀 그렇잖아? 으스스. 내가 영화를 너무 많이 보았나?

독수리 오형제

권혁웅

0. 기지(基地)

정복이네는 우리 집보다 해발 30미터가 더 높은 곳에 살았
다 조그만 둥지에서 4남 1녀가 엄마와 눈 없는 곰들과 살았다
곰들에게 눈알을 붙여주면서 바글바글 살았다 가끔 수금하러
아버지가 다녀갔다

1. 독수리

큰형이 눈뜬 곰들을 다 잡아먹었다 혼자 대학을 나온 형은
졸업하자마자 둥지를 떠나 고시원에 들어갔다 형은 작은 집
을 나와서 더 작은 집에 들어갔다 그렇게 십 년을 보냈다 새
끼 곰들이 다 클 만한 세월이었다

2. 콘돌

둘째 형은 이름난 싸움꾼이었다 십 대 일로 싸워 이겼다는
무용담이 어깨 위에서 별처럼 반짝이곤 했다 형은 곰들이 눈
을 뜨건 말건 상관하지 않았다 둘째 형이 큰집에 살러 가느라

집을 비우면 작은집에서 살던 아버지가 찾아왔다

3. 백조

누나는 자주 엄마에게 대들었다 엄마는 왜 그렇게 곰같이
살아! 나는 그렇게 안 살아! 눈알을 박아넣는 엄마의 손이 가
늘게 떨렸다 누나 손은 미싱을 돌리기에는 너무 우아했다 누
나는 술잔을 집었다

4. 제비

정복이는 꼬마 웨이터였다 누나와 이름 모르는 아저씨 사
이를 부지런히 오가며 소식을 주워 날랐다 봄날은 오지 않고
박꽃도 피지 않았으며 곰들도 겨울잠에서 깨어날 줄 몰랐다
그냥, 정복이만 바빴다

5. 올빼미

하루는 아버지가 작은집에서 뚱뚱한 아이를 데려왔다 인사

해라, 네 셋째 형이다 새로 생긴 형은 말도 하지 않았고 학교에 가지도 않았다 그저 밤중에 앉아서 눈뜬 곰들과 노는 게 전부였다 연탄가스를 마셨다고 했다

6. 불새

우리는 정복이네보다 해발 30미터가 더 낮은 곳에 살았다 길이 점점 좁아졌으므로 그 집에 불이 났을 때 소방차는 우리 집 앞에서 멈추었다 그들은 불타는 곰발바닥을 버려두고, 그렇게, 하늘로 날아올랐다

* 사실 독수리 오형제는 독수리들도 아니고, 오형제도 아니다. 다섯 조류가 모인 의남매다. 다섯이 모이면 불새로 변해서 싸운다.

나와 같은 동네에 살며 산비탈을 오르내리며 나무하고 농사
를 짓던 내 이웃들이 도시의 산비탈을 타고 올라가 집을 짓고
살았던 동네, 그 달동네, 나뭇짐 지게도 들어갈 수 없는 좁은
골목길. 80년대 후반, 아는 친구를 찾아 게딱지처럼 다닥다닥
붙어 있는 집들 사이로 비탈을 오르내리며 좁은 골목길을 헤맨
적이 있다. 이 좁은 길을 어떻게 올라 다니나, 그 높은 곳에 사
는 사람들이 참으로 놀라웠다. 숨바꼭질하기 좋아 보여 재미있
고, 내가 가고 싶은 곳을 절대적으로 못 찾아갈 것 같아 겁났던
그 골목길들을 이 시는 그림처럼 그려준다. 내가 사는 동네 윤
환이네 집은 산 중턱쯤에 있었다. 동네에서 제일 끝 집이자 제
일 높은 곳에 있던 집이다. 오래전에 윤환이는 이사 가고 그 집
도 뜯겼다. 산이 되었다.

밴댕이젓

이윤학

드럼통에 담긴 비닐님은
이제 욕 다 보셨습니다

얼마나 그릇들을 옮겨다녀야
당신 밥상에 오를 수 있겠습니까

당신은 간장 종지 같은 데
나를 가두지 마시길
채를 썰어 무치지 마시길

갈린 뱃속을 다물기 위해
흘러내린 잘디잔 가시들

당신만은 꼭
머리통을 잡고 드시길

자, 아
입 벌리세요

뚝뚝 젖물 떨어집니다

아무도 건너간 적 없는
당신과 나 사이의 냇물
금세 징검다리가 생깁니다

이 시인의 시집을 소개하는 글을 여기 옮겨보자면, "그의 눈에 주로 포착되는 것은 절망, 고통, 죽음 등이며 온갖 미물, 특히 곤충들을 주연과 조연으로 등장시켜왔다. 사물의 어두운 이면과, 음지를 기는 존재들은 우리 삶의 어두운 이면과, 우리 인식의 보잘것없음에 침투하여 독특한 시적 긴장과 여운을 끌어냈다." 시의 눈은 삶의 세세한 국면을 살피다가 눈에 번쩍 띄는 것들을 얼른 손 내밀어 가져온다. 사람에 따라 태어나고 살아온 환경이 다르기 때문에 삶의 문제를 바라보는 각도가 다 다르다. 그러나 얼마나 절실, 절절, 치열, 리얼하게 표현하느냐에 따라 시적 성공이 달려 있다. 이건 시에만 해당하는 게 아니라 삶의 이치다. '자, 아 입 벌리세요' '욕 다 보셨습니다'.

喪家에 모인 구두들

유홍준

저녁 喪家에 구두들이 모인다
아무리 단정히 벗어놓아도
문상을 하고 나면 흐트러져 있는 신발들
젠장, 구두가 구두를
짓밟는 게 삶이다
밟히지 않는 건 亡者의 신발뿐이다
정리가 되지 않는 喪家의 구두들이여
저건 네 구두고
저건 네 슬리퍼야
돼지고기 삶는 마당 가에
어울리지 않는 화환 몇 개 세워놓고
봉투 받아라 봉투,
화투짝처럼 배를 까뒤집는 구두들
밤 깊어 헐렁한 구두 하나 아무렇게나 꿰 신고
담장 가에 가서 오줌을 누면, 보인다
北天에 새로 생긴 신발자리 별 몇 개

이 유홍준은 『나의 문화유산 답사기』를 쓴 유홍준이 아니다. 이 시인이 처음 시를 발표했을 때 사람들은 이 시인이 그 유홍준일까 하는 생각들을 한 번쯤은 했을 것이다.

　이 시는 우리에게 너무나 친근하고 눈에 익은 풍경을 그림처럼 그려놓아, 시를 읽는 내가 마치 상가에 앉아 고스톱을 치다가 오줌이 마려워 밖으로 나오려고 신발을 찾고 있는 느낌이 든다. 상가에 가서 오줌을 누며 밤하늘을 바라보는 사람. 밤하늘의 별을 보며 잠깐 삶과 죽음을 생각한다. 그러다 으으으 몸서리를 치고는 지퍼를 잠그고 얼른 돌아서서 다른 신발들을 밟고 방으로 들어가 고도리 패를 기다린다.

와유(臥遊)

안현미

내가 만약 옛사람 되어 한지에 시를 적는다면 오늘밤 내리
는 가을비를 정갈히 받아두었다가 이듬해 황홀하게 국화가
피어나는 밤 해를 묵힌 가을비로 오래오래 먹먹토록 먹을 갈
아 훗날의 그대에게 연서를 쓰리

'국화는 가을비를 이해하고 가을비는 지난해 다녀갔다'

허면, 훗날의 그대는 가을비 내리는 밤 국화 옆에서 옛날을
들여다보며 홀로 국화술에 취하리

한시 같다. '만약 옛사람 되어 한지에 시를 적는다면' 이라는 구절을 빼면 이 시는 한시다. 그러나 이 시를 지은 이는 아주 젊은 여성이다.

와유臥遊라 하는 것은 몸은 누워 있으나 정신이 노니는 것이다. 정신은 마음의 영靈이요, 영은 이르지 못하는 곳이 없다. 이 때문에 불빛처럼 온 세상을 비추어 순식간에 만 리를 갈 수 있기에, 사물에 기대지 않아도 될 것처럼 생각을 한다. 하지만 선천적인 맹인은 꿈을 꾸지 않는다. 사물의 모습과 빛깔은 시각기관에서 관장한다. 시각이 애초에 자리한 적이 없다면 생각도 말미암아 일어날 수 없다. 이 때문에 꿈속에서의 어슴푸레한 것도 모두 눈으로 보아 얻지 않은 것이 없는 법이다.
　　―이익李漢의 글에서

마음이 어디를 못 가겠는가. 가지 말아야 할 곳까지 다 가보는 경계 허물기가 시다.

시월에

문태준

오이는 아주 늙고 토란잎은 매우 시들었다

산 밑에는 노란 감국화가 한 무더기 헤죽, 헤죽 웃는다 웃
음이 가시는 입가에 잔주름이 자글자글하다
꽃빛이 사그라들고 있다

들길을 걸어가며 한 팔이 뺨을 어루만지는 사이에도 다른
팔이 계속 위아래로 흔들리며 따라왔다는 걸 문득 알았다

집에 와 물에 찬밥을 둘둘 말아 오물오물거리는데
눈구멍에서 눈물이 돌고 돌다

시월은 헐린 제비집 자리 같다
아, 오늘은 시월처럼 집에 아무도 없다

시월은 시인들에게 많은 것들을 생각하게 해주는 모양이다. 낡아가는 햇살, 확실하게 변해버린 바람결, 마른 풀잎들, 나뭇잎을 떨군 나뭇가지들, 빈 들, 마을, 마른 풀잎 곁을 지나 집으로 가는 아이들, 노란 강변, 콩밭에 노란 콩잎, 낮에 우는 귀뚜라미, 잎 다 지고 붉은 감만 달고 서 있는 감나무, 햇살 좋은 날 마당에 앉아 깨를 터는 어머니, 산길을 돌아 나오는 경운기 소리, 그리고 헐린 제비집……. 오래된 툇마루 위에 떨어지는 살구꽃잎 같은 이 시인의 속 깊은 서정은 끝이 없다.

억새꽃

유강희

억새꽃이 오라고 하지도 않았는데
명절날 선물 꾸러미 하나 들고 큰고모 집을 찾듯
해진 고무신 끌고 저물녘 억새꽃에게로 간다
맨땅이 아직 그대로 드러난 논과 밭 사이
경운기도 지나가고 염소도 지나가고 개도 지나갔을
어느 해 질 무렵엔 가난한 여자가 보퉁이를 들고
가다 앉아 나물을 캐고 가다 앉아 한숨을 지었을
지금은 사라진 큰길 옆 주막 빈지문 같은 그 길을
익숙한 노래 한 소절 맹감나무 붉은 눈물도 없이
억새꽃, 그 하염없는 行列을 보러 간다
아주 멀리 가지는 않고 내 슬픔이 따라올 수 있는
꼭 그만큼의 거리에 마을을 이루고 사는
억새꽃도 알고 보면 더 멀리 떠나고 싶은 것이다
제 속에서 뽑아올린 그 서러운 흰 뭉치만 아니라면
나도 이 저녁 여기까진 오지 않았으리

유강희를 나는 '오리'라고 부른다. 내가 "야, 오리 잘 지냈
어?" 그러면 그는 동그랗고 귀여운 얼굴로 그냥 웃기만 한다.
'아주 멀리 가지는 않고 내 슬픔이 따라올 수 있는 꼭 그만큼의
거리에 마을을 이루고 사는 억새꽃도 알고 보면 더 멀리 떠나고
싶은 것이다'. 깊고도 아득한 들녘의 끝과 깊이에서 뽑아 올린
이 기막힌 절창은, 해 저문 늦가을 삼례들판 만경강가가 아니면
나올 수 없는 서정이다. 어이, 오리 뒤뚱거리며 잘 지내냐?

검은 담즙

조용미

가슴속에서 검은 담즙이 분비되는 때가 있다 이때 몸속에는 꼬불꼬불 가늘고 긴 여러 갈래의 물길이 생겨난다 나뭇잎의 잎맥 같은 그 길들이 모여 검은 내, 黑河를 이루었다

흑하의 물줄기는 벼랑에서 모여 폭포가 되어 가슴 깊은 곳을 가르며 옥양목 위에 떨어지는 먹물처럼 낙하한다

폭포는 검은 담즙으로 이루어져 있다

너의 죄는 비애를 길들이려 한 것이다 생의 단 한 순간에도 길들여지지 않는 비애는 그을린 태양 아래 거칠고 긴 숨을 내쉬며 가만히 누워 있다

쓸갯물이 모여 생을 가르는 劍이 되기도 하다니 검은 폭포 아래에서 모든 것들은 부수어져 거품이 되어버린다 거품이 되어 날아가는 것들의 헛된 아름다움이 너를 구원할 수 있을까

비애는 길들여지지 않는다

너의 죄는 비애를 길들이려 한 것이니 幻이 끝나고 滅이 시작되는 지점에서 삶은 다시 시작되는 것을 검은 담즙이 모여 떨어지는 흑하는 아름답다 그 아름다움을 지상에서 가장 헛된 것이라 부르겠다

지상에서 가장 헛된, 그 아름다움의 이름은 絶滅이다

이 시와는 좀 다른 이야기이겠으나, 일제 식민지와 6.25 전쟁, 배고픈 가난, 독재, 그리고 또 군사독재, 민주주의 만세에 크게 빚지지 않은 세대들의 사회 참여가 시작되었다. 그 어두운 역사로부터 자유로운 젊은이들의 숨소리가 우리 사회 곳곳에서 들린다. 그들은 이제 국가와 민족을 외치지 않는다.

　얼마 전 동계 올림픽 선수단 환영 공연을 방송 3사가 동시에 중계방송했다. 어디서 많이 본 듯한 풍경이었다. 맥풀어진 공연이었다. 아직도 스포츠를 통치 수단의 일환으로 국가주의화하려는 어른들이 계신다고, 사람들이 비웃었다. 어떤 장관은 공항까지 마중 나가 선수들에게 꽃다발을 목에 걸어주기까지 했는데, 어떤 선수는 그런 어른들의 행사에 대해 이렇게 생각하는 표정이었다. '저 어른들이, 왜 저러지?' 이제 제발 그런 오래되어 낡아버린 행사 좀 그만두라. 아이들이 웃는다. 젊은 '미래파' 시인들도 우리 어른들의 문학 행위를 보며 그런 생각을 할 것 같다.

　일찍이 오규원은 이 시인의 시를 가리켜 "이 얼마나 끔찍이 아름다운가" 라고 했다. 모든 것들이 지워져버리는 것이 아름다움이리라. 참으로 끔찍하다. 시인은 그 하얀 순간을 본 것이다.

동그라미

이대흠

어머니는 말을 둥글게 하는 버릇이 있다

 오느냐 가느냐라는 말이 어머니의 입을 거치면 옹가 강가
가 되고 자느냐 사느냐라는 말은 장가 상가가 된다 나무의 잎
도 그저 푸른 것만은 아니어서 밤낭구 잎은 푸르딩딩해지고
밭에서 일하는 사람을 보면 일 항가 댕가 하기에 장가 가는가
라는 말은 장가 강가가 되고 애기 낳는가라는 말은 아 낭가가
된다

 강가 낭가 당가 랑가 망가가 수시로 사용되는 어머니의 말에는
 한사코 ㅇ이 다른 것들을 떠받들고 있다

 남한테 해꼬지 한 번 안 하고 살았다는 어머니
 일생을 흙 속에서 산,

 무장 허리가 굽어져 한쪽만 뚫린 동그라미 꼴이 된 몸으로
 어머니는 아직도 당신이 가진 것을 퍼주신다
 머리가 발에 닿아 둥글어질 때까지
 동그라미가 되어가는 열린 구멍에서는
 살리는 것들이 쏟아질 것이다

우리들의 받침인 어머니
어머니는 한사코
오손도순 살어라이 당부를 한다

어머니는 모든 것을 둥글게 하는 버릇이 있다

운동회를 할 때면 아이들에게 "앉아! 일어서!"를 반복하게
된다. 한참 '앉아' '일어서'를 하다 보면 "앙거! 인나!" 하게 된
다. 그렇게 명령을 하면 아이들이 웃는다. "앙거 인나가 뭐요?"
그렇게 물으면서도 일제히 앉고 일어선다. 나는 그게 재미있어
서 두어 번 더 앉고 일어서라는 명령을 한다. 나중에는 호루라
기로 신호를 하지만 말이다.

오래 산 어른들을 보면 무슨 일이든 크게 놀라지 않는다. 딸
네들이 사네 못 사네 이혼을 하네 마네 난리를 쳐도 나이 든 어
머니들은 밭을 매던 손길을 멈추지 않는다. 다 안다. 살다가 보
면 세상에 뭔 일이 없겠느냐. 별의별 일들이 다 일어나고 사그
라지고 또 일어난다. 저러다 만다. 모났다가 모가 닳아져서 둥
글게 됨을 어머니들은 알고 있는 것이다. 그게 인생임을 나이
든 어른들은 겪은 바 있는 것이다. 그래서 어른들 말이 맞다고
한다. 그러나 젊은이들은 어머니 말을 잘 믿지 않는다. 내가 어
른이 되어봐야 안다. 아하, 그때 그 말이 이 말이었구나, 한다.
진실은 늘 한 발 늦다. 쓸모없다. 다 지나간 후에서야 확인된
다. 그게 진리다.

화투 치는 여자들

박진성

늙은 여자들 평상에 앉아 화투(花鬪) 친다

꽃들은 다투어 피고 다투어 지고 봄인데 바람 불어 난분분
꽃잎 흩날리는데 까르르르르 다투어 공중으로 화투 패를 들고
똥을 쌌다고 이 나이에 아무 데나 아무 때나 똥을 싼다고
웃고 웃고
흔들었다고 늙은 엉덩일 흔들흔들 몸뻬바지는 헐렁한 경로
당 바람 깔고 앉아 들썩이고
피는 쌍피가 좋다고 사슴 피보다 좋다고 햇볕이 수혈받은
실정맥처럼 바쁘게 평상을 기어다니고 퍼지고 흩어지고
향기도 없는데 모란에 나비가 앉고 저도 늙고 싶고
온갖 잡새들이 모여들어 났다 났어 백동전들 알처럼 뒹굴
고 치마 속에서 부화하고
봄바람 머금어 치마는 부풀어 오르고 하늘은 홍단처럼 붉
어지고
꽃들은 지고 피고 자꾸 어두워지고

홍성댁 정읍댁 함흥댁 고성댁…… 우리가 잊은 꽃들이여

났고 났고 아라리가 났어도 영원히 떼이는 어머니들이여

더 어두워지기 전에
읽던 시집 내려놓고
光 팔고 싶습니다

웃음이 절로 나지요. 진짜 나도 광 팔고 싶네요. 이 시인은
지금 고스톱을 치는 동네 아주머니들 옆에서 시를 읽나 봐요.
아주머니들이 똥을 쌌다고 웃으니, 시집은 내려놓고 화투판 구
경하나 봐요. 시, 화투, 꽃, 삶이 화려합니다.

사랑, 그것

이선영

그러고 보니 나는 어느덧 덜그덕거리는 철물점이 돼가고
있었다
그렇다고 내 가게가 크기를 늘려왔던 것은 아니다
그저 흘러들어온 것들과 때로 애써 모은 것들, 더러는 쓴웃
음으로 떠안아야 했던 것들이 누런 고철들이 되어서
빈곳을 남기지 않았던 것뿐이었다
잘못 벽에서 튕겨져 나온 굵은 못처럼 그때 네가
내 심장으로 날아 들어온 것은 어쩌면 우연만이 아니었을
지 모른다
그리고 너는 너를 쫓는 숙명의 쇠망치까지 불러들였다
못과 쇠망치가 쩡쩡 철물점의 덜그덕거리는 일상을 들어
엎는 소리에
나의 얇다란 심장은 곧 멎어버릴 듯 빨라지고

그래, 나를 부수며 계속 너를 던져다오
내 네게 꼭 맞는 무덤이 되어주마
너와 내가 서로 몸을 으스러지게 끌어안고 한무더기 고철
로 변해간들 어떠랴

당신이 낑낑대며 감나무에 올라가 가지를 베면서 감을 따듯 / 생을 따고 시를 따는 사람이라면 / 나는 당신과 당신의 감나무가 함께 겪는 노고를 더러는 안타깝게, 더러는 무료하게 바라보며 / 햇빛 받아 빛나는 은사시나무의 평화와 고요와 무료함이 생이자 시이기를 바라는 사람

　　―「감 따는 사람」 부분

　이 시인의 다른 시다. 시인은 '죽어가는 것들을 사랑하는' 사람이다. 일상은 자잘한 자갈길이다. 끊임이 없다. 강물이든 개울물이든 물은 쉬지 않고 흐른다. 물이 흐르듯 삶도 주도면밀하게 빈틈없이 흐른다. 그 세세한 일상의 물줄기를 따라가며 시인은 시를 쓴다. 사랑 그것의 반짝 깨짐과 그리고 그 사랑이 한무더기 고철이 되어가며 녹스는 쓸쓸함을 우리는 감내하며 산다. 녹슬어가는 사랑이여! 어찌겠는가.

그날의 사랑은 뜻대로 되지 않았네

허수경

고향 언저리에서 나지 않는 열매들이 추억을 채우네
이국의 푸성귀들이 내 살을 어루네
사랑은 뜻대로 되지 않았으며
입술은 사랑의 노래로 헤어졌네
과거는 소멸되지 않았으나 우리는 소멸했네

오 오 나는 추억을 수치처럼 버리네
내 추억에서 나는 공중변소 냄새

허수경의 시는 외롭고 쓸쓸하다. 삶의 어떤 언저리에 눈물이 싸락눈처럼 봄빈다. 어쩔 것인가. 지나간다. 지나갈 뿐이다. 돌아다 보면 언덕에, 같이 놀던 그 사랑의 언덕에 꽃이 피고 바람이 불고 비가 내린다. 이 글을 쓰다가 밖을 본다. 봄비인가, 길들이 촉촉히 젖어 길게 눕는다. 텅 빈 그 길로 허수경이 걷고 있다. 빈집 같은 쓸쓸함을 그는 가슴에 간직하고 있는가.

　뿌리를 뽑고 날아가는 나무도 / 공중에서 자라나는 뿌리마저 / 제 손으로 자르며 날아가는 나무도 / 별 달을 거쳐 수직도 수평도 아닌 채 / 날아가는 나무도 // 공중에 집을 이루고 / 또 금방, / 집 아닌 줄 알고 날아가리라

　이 시인의 다른 시 「그러나 어느 날 날아가는 나무도」 전문이다.

몸이 많이 아픈 밤

함민복

하늘에 신세 많이 지고 살았습니다
푸른 바다는 상한 눈동자 쾌히 담가주었습니다
산이 늘 정신을 기대어주었습니다
태양은 낙타가 되어 몸을 옮겨주었습니다
흙은 갖은 음식을 차려주었습니다
바람은 귓속 산에 나무를 심어주었습니다
달은 늘 가슴에 어미 피를 순환시켜주었습니다

홀로 아프면 너무 쓸쓸하다. 홀로 아프면 세상의 끝으로 가 몸이 바다에 잠긴다. 돌아눕고 돌아누우며 삶의 바닥에 가 닿는다. 아프구나, 아픔은 존재 근원에 눈뜬다. 고요한 적막에 몸을 누이고 떠돌던 마음을 잡아내려 등짝이 방바닥에 안착한다. 삶이여! 신세 질 자 곁에 없는 맑은 삶이여! 강화에 홀로 산다는 이 사내를 나는 한 번 본 적이 있다. 전화를 한 번 한 적이 있고. 민복아! 이렇게 부르면 그 이름이 정말 다정도 하다.

연적들

차승호

자식들 십시일반 건축비 모아
고향 노인네 집수리를 해드렸다, 어리보기 나야
문짝 하나 달은 것밖엔 없지만
아담하게 양철집 개보수하고
돼지 잡아 집들이하는 날
세류리 슈퍼를 나온 동네 노인네 서넛
가루비누 상자 같은 걸
한 개씩 들고 오는 것이었다
노인네 불알친구들 늘그막엔
떡줄 사람 생각도 않는, 그래서 쌍화차만 들이켜는
양지다방 양 마담 문고리들
뭐 사올 게 있어야지, 축하드리네
마루 끝에 한 상자씩 놓여서
더도 덜도 아닌 마음들
돼지껍데기처럼 쫀득쫀득한 마음들을
나는 무엇이라 해야 하나
평생지기 우정이라 하면 될까
곁에서 지켜보는 어머니도 마음 기꺼워
해바라기처럼 웃으시는데,

양 마담 안 불렀능감, 위째 안 뵈능 거 같은디?
어허 이 사람, 대체 양 마담이 누구여?
양지다방 간판만 봐두 질색팔색
십 리는 돌아댕기는 사람 보구

　〈전원일기〉, 그 다음 〈대추나무 사랑 걸렸네〉 그리고 〈산 너
머 남촌〉 같은 연속극처럼 전형적으로 착하다. '도시만 생각하
는 이 더러운 세상'에서, 이 시가 시골에 남아 아직도 농사 짓
고 사는 큰집 형님같이 유일하게 착한 '농촌 시'다.

목계리

박라연

가도 가도 산뿐이다가
겨우 몇 평의 감자밭 옥수수밭이 보이면
그 둘레의 산들이 먼저 우쭐거린다
제 몸을 가득 채운 것들을 신의 흔적이다,
라고 믿고 살지만
두 눈으로는 아직 본 적이 없다
사람의 흔적인 옥수수의 흔들림 감자꽃 향기는
왕산(王山)이 본 것 중 가장 귀한 것이다
가도 가도 산뿐이다가
차 파는 오두막집이 보인다
그 주인은 이미 산(山)의 일부이면서
바람의 일부일 것이다
적막 속 어딘가에 집 한 채만 보여도
왕산(王山)은 그 기(氣)를 바꾼다
수십만 평의 산을 거뜬히 먹여 살리는 것은
한 됫박쯤 될까 말까 한
몇 사람의 숨소리일 것이다

큰 산 아래 작은 오두막이 있나 보네. 지붕이 낮은 걸 보니 말이야. 옥수숫대가 있고, 감자 꽃향기라는 말이 나오는 걸 보면 강원도 어딘가 봐, 그치? 산의 일부고 바람의 일부라고? 그 사람의 몸짓과 표정이 그렇다는 말이지. 사연 깊은 인연은 질겨서, 그 질긴 삶의 인연들로 인해 찔린 아픔을 그렇게 오래 바람에 굴뚝 연기 날리듯 산으로 날려 보냈는지도 몰라. 얼마나 많은 저녁바람이 그 사람의 얼굴을 스쳐 지나갔겠어. 돌아눕고 돌아누우며 쉬었던 그 수많은 한숨이 산을 먹여 살렸는지도 모르지. 그 한없는 사연을 산이 가져갔겠지. 산과 그 오두막 주인만이 아는 사연들이 얼마나 많겠어. 사연이 삭아 재가 되고 바람이 되어버릴 그때, 그 오두막 연기가 곧게 솟겠지.

가난한 집 장롱 위에는

박연준

　가난한 집 장롱 위에는 웬 물건들이 저리 많은지요 겨울 점퍼가 들어 있는 상자들, 못 쓰게 된 기타, 찬합통, 고장난 전축, 부러진 상다리 들이 저희들끼리 옹기종기 모여 가난한 집 방바닥을 내려다봅니다 가난한 집 장롱 아래는, 술 잔뜩 마시고 고꾸라진 늙은 남자가 누워 있습니다 어둠의 밀도와 병이 진행되는 속도에 따라 남자의 흰 수염이 자라나고 움직이지요 하얗게 일렁이며 꽃피우는 창백한 봄을, 가난한 집 형광등의 침침한 눈이 끔뻑 끔뻑 바라봅니다 가난한 집 물건들은 모두 사연 있는 듯 입이 무겁고, 가난한 집 아기는 종일 무릎으로 건다, 심심하면 무릎을 안고 잠이 듭니다 가난한 집 행주는 소심하게 몸 빙빙 말고 있고, 가난한 집 선풍기는 우스꽝스럽게 달달 돕니다 돌다가 끽, 끽, 헛소리도 합니다 가난한 집 장롱 위, 오래된 물건들은 보좌 위에 앉아 시름 많다고, 먼지들만 슬금슬금 날아듭니다

부잣집은 절대 장롱 위에 무엇을 올려놓지 않는다는 사실. 부잣집은 장롱도 없다는 사실. 가난한 집 살림살이들은 다 드러나고, 부잣집 살림살이는 다 감추어져 있다는 사실. 그럴 것 같은 생각이 들었습니다. 부잣집은 어느 정도 사는 집을 말하는 것일까요?

유령 3

이영광

朝刊은 訃告 같다
사람이 자꾸 죽는다

사람이 아니라고 여겨서
죽였을 것이다
사람입니다, 밝히지 못하고
죽었을 것이다

죽이고 싶었다고……죽였을 것이다
죽이고 싶었지만……죽였을 것이다
죽이고 싶었는데……죽였을 것이다

죽은 사람은,
죽을 것처럼 哀悼해야 할 텐데

죽인 자는 여전히
얼굴을 벗지 않고
心臟을 꺼내놓지 않는다

여전히 拉致 中이고
暴行 中이고
鎭壓 中이다

計劃的으로
卽興的으로
合法的으로
사람이 죽어간다

戰鬪的으로
錯亂的으로
窮極的으로, 사람이 죽어간다

아, 決死的으로
總體的으로
電擊的으로
죽은 것들이, 죽지 않는다

죽은 자는 여전히 失踪 中이고

籠城 中이고
投身 中이다

幽靈이 떠다니는 玄關들,
朝刊은 訃音 같다

높은 옥상으로 쫓겨간 사람들, 연기, 전투경찰, 옥상 위를 맴도는 헬리콥터, 최루탄, 단수, 단전, 얼굴 가린 사람들, 화염병, 좌파, 농성, 투신, 법적, 엄단, 그 모든 살벌한 낱말들이 한 덩어리가 되어 어른거리는 그리하여 아침 현관에 도착한 신문은 부음이다. 2009년 서울 용산은 자본과 권력이 저지를 수 있는 가장 무서운 합작품으로 우리에게 가장 아픈 상처로 기억될 것이다. 그날 아침 날아든 그 부음이 얼마나 우리의 삶을 떨게 했던가. 2010년 1월 29일, 용산에서 아들·남편 잃은 '경찰·농성자 유족'이 374일 만에 한자리에 모였다.

안녕, 오늘이여

차창룡

오늘을 보내면 내일이 올까

너무 춥다 수남이 형 떠나는 날
안녕, 이별의 인사가 그립다
이제는 기침도 멈춘 청춘의 각혈아
무덤 하나도 짊어지지 않은 가벼운
뼛가루야, 너 밤새 눈으로 내려
이별은 이토록 미끄럽구나
젊은 햇살마저 주르륵 미끄러져
흔들리는 풍경 소리에 빠지네

사람을 만나는 것이 사랑일 때
사람을 만나는 것이 무섭다

차가운 오늘을 짊어지고 가볍게
벌써 알고 지낸 이처럼 뼛가루는
마른 풀과 친해지는구나
안녕, 손도 흔들지 않는 이별이
두렵지도 않은지, 바람에 휙 날아가

입술이 검게 튼 이끼
뼈만 남은 겨울을 사랑하네
뼈도 못 추릴 이별도 모르는지

안녕, 오늘이여
오늘을 보내면 또 오늘이 올까

살아가면서 누구나 한 번쯤은 겪어보았을 말없는 장면을 그려준 이 시는 죽음의 무거움과 죽음의 가벼움이 동시에 오늘과 내일로 대비한다. 가는 오늘이 무거운가, 올 내일이 무거운가, 가는 오늘이 가벼운가, 올 내일이 가벼운가. 마른 풀잎과 친해지는 죽음은 가벼운가, 무거운가. 모든 것들이 정지한 듯한, 이별의 인사도 할 수 없는 죽음 앞의 이 적요함과 외로움이라니, 삶의 이 꼼지락거리는 슬픔이라니.

김남주를 묻던 날

송경동

경기대에서 「조국은 하나다」
육성시 낭송을 듣고도 울지 않고
광주 톨게이트, 빛고을 시민들보다
먼저 와 그를 기다리고 섰던
백골단 장벽 보면서도 울지 않고
불 꺼진 취조실마냥 어둡던 망월동
그의 하관을 보면서도 이 악물었는데

그를 묻고 돌아온 서울
심야버스 타고 마포대교를 건너다
다리 난간에 덜덜거리는 허리 받치고
해머드릴로 아스팔트 까며 야간일 하는
늙은 노동자들을 본 순간
이 악물며 울고 말았다
그가 간 것보다 그가 사랑했던 한 시대가
저물어가는 것이 서러웠다

아침에 일어나 송경동의 새로 나온 시집을 읽다가 아침밥이 늦어졌다. 밥상머리에 앉아 아내에게 이 시를 보여주었다. 그 순간 목이 꽉 메어왔다. 슬픔이 울컥 올라왔다. 진정을 하고 송경동에게 전화를 했다. 경동아! 가슴이 메어오는구나. 아내의 눈가가 젖어들었다. 나는 주체할 수 없는 감정 때문에 전화를 끊었다. '해머드릴로 아스팔트 까며 야간일 하는 / 늙은 노동자들을 본 순간 / 이 악물며 울고 말았다 / 그가 간 것보다 그가 사랑했던 한 시대가 / 저물어가는 것이 서러웠다'. 다 그랬다, 그가 갔을 때. 그래서 서럽게 울었고 나는 김남주의 초상 마당에 가지 못했다. 한 시대의 죽음을 바라볼 얼굴들이 무서웠기 때문이다.

며칠 전 남주 형 기일에 망월동에 다녀왔다. 형은 찬 땅에 묻혀 말이 없고 사람들은 두세 두세 산다. 산 것과 죽은 것이 이리 의미 없어질 때도 있구나. 세월이 가면 슬픔도 무심해지는가. 형이 마지막으로 부른 절망의 노래들이 기억 속에 맴돈다. 시인들이 별로 눈에 띄지 않았다. 죽음은 확실하다. 삶은 늘 헤매고 애매하다. 나는 시를 쓸 수 있을까? 아직은 찬 기운, 바람결에 흔들리는 작은 묘지 위의 노란 잔디, 봄빛이었다. 형, 나 갈게. 형의 작은 묘지를 한번 돌아보았다.

눈길

윤의섭

그밤 눈이 내렸고

어둠 속에서도 눈은 길을 만들어 행인을 홀렸다

바람조차 공중으로부터 뿌리내리는 설벽을 무너뜨리진 못

했다

무엇이 눈을 내리게 하는가

그 밤길을 잘못 들어 문득 들판에 서성이는 미아들이

며칠 동안 붉게 떠 있던 미친 달덩이 서너 개가

기억에서 사라진 어린 날 눈길에 홀려 헤매던 내가

눈이 내리는 동안 나타났다 사라진다 그사이

설목은 서둘러 꽃을 피웠고

열 번도 넘게 꽃을 피워 스스로를 고사시키고

숲 속에서 어떤 짐승은 재빠르게 짝짓기를 해대어 설국의

종족을 번식한다

그밤 눈에 갇혔거나

눈으로 활짝 피어난 시대에 잠시 살았던 몽유의 기록이 말

끔히 녹아버리면

그것으로 돌아올 길을 잃어버린 사람들도 있다는 것을 눈

치 채야 한다

흐린 날 어디선가 들려오는 비명과 소곤거림과

흐느낌과 낄낄거리는 소리

그러므로 나는 어디서 걸어 나왔는가

무엇이 또 눈을 내리게 하는가

이 설국에서 나는 추억이다

하염없이 이어진 눈길 위로 붉은 달은 미친 듯이 궤도를 돌고 있다

이게 꿈이었으면 하는 생시가 있고, 생시였으면 하는 꿈이
있다. 지금 이렇게 글을 쓰고 앉아 있는 내가, 지금 이게 꿈속
이지 싶을 때가 있다. 꿈과 현실의 경계, 삶과 죽음의 경계가
지워질 때가 있다. 그러나 둘 다 피할 수 없는 현실이다. 피할
수 없어서 현실이다. '눈으로 활짝 피어난 시대에 잠시 살았던
몽유의 기록이 말끔히 녹아버리면 그것으로 돌아올 길을 잃어
버린 사람들도 있다는 것을 눈치 채야 한다'. 치열한 언어들이
부딪쳐 불꽃처럼 튄다. 눈보라처럼 휘몰아온다. 나는 이 치열
한 젊음이 좋다. 살아 휘날리는 말이 주는 숨가쁨이 좋다. 시는
시대를 읽으며 새로운 언어를 창조한다.

안개

기형도

1

아침 저녁으로 샛강에 자욱이 안개가 낀다.

2

이 읍에 처음 와본 사람은 누구나
거대한 안개의 강을 거쳐야 한다.
앞서간 일행들이 천천히 지워질 때까지
쓸쓸한 가축들처럼 그들은
그 긴 방죽 위에 서 있어야 한다.
문득 저 홀로 안개의 빈 구멍 속에
갇혀 있음을 느끼고 경악할 때까지.

어떤 날은 두꺼운 공중의 종잇장 위에
노랗고 딱딱한 태양이 걸릴 때까지
안개의 軍團은 샛강에서 한 발자국도 이동하지 않는다.
출근길에 늦은 여공들은 깔깔거리며 지나가고
긴 어둠에서 풀려나는 검고 무뚝뚝한 나무들 사이로

아이들은 느릿느릿 새어나오는 것이다.
안개에 익숙하지 않은 사람들은 처음 얼마 동안
보행의 경계심을 늦추는 법이 없지만, 곧 남들처럼
안개 속을 이리저리 뚫고 다닌다. 습관이란
참으로 편리한 것이다. 쉽게 안개와 식구가 되고
멀리 송전탑이 희미한 동체를 드러낼 때까지
그들은 미친 듯이 흘러다닌다.

가끔씩 안개가 끼지 않는 날이면
방죽 위로 걸어가는 얼굴들은 모두 낯설다. 서로를 경계하며
바쁘게 지나가고, 맑고 쓸쓸한 아침들은 그러나
아주 드물다. 이곳은 안개의 聖域이기 때문이다.

날이 어두워지면 안개는 샛강 위에
한 겹씩 그의 빠른 옷을 벗어놓는다. 순식간에 공기는
희고 딱딱한 액체로 가득 찬다. 그 속으로
식물들, 공장들이 빨려 들어가고
서너 걸음 앞선 한 사내의 반쪽이 안개에 잘린다.

몇 가지 사소한 사건도 있었다.
한밤중에 여직공 하나가 겁탈당했다.
기숙사와 가까운 곳이었으나 그녀의 입이 막히자
그것으로 끝이었다. 지난 겨울엔
방죽 위에서 醉客 하나가 얼어 죽었다.
바로 곁을 지난 삼륜차는 그것이
쓰레기 더미인 줄 알았다고 했다. 그러나 그것은
개인적인 불행일 뿐, 안개의 탓은 아니다.

안개가 걷히고 정오 가까이
공장의 검은 굴뚝들은 일제히 하늘을 향해
젖은 銃身을 겨눈다. 상처입은 몇몇 사내들은
험악한 욕설을 해대며 이 폐수의 고장을 떠나갔지만
재빨리 사람들의 기억에서 밀려났다. 그 누구도
다시 읍으로 돌아온 사람은 없었기 때문이다.

3

아침 저녁으로 샛강에 자욱이 안개가 낀다.

안개는 그 읍의 명물이다.
누구나 조금씩은 안개의 주식을 갖고 있다.
여공들의 얼굴은 희고 아름다우며
아이들은 무럭무럭 자라 모두들 공장으로 간다.

이 시를 여기 싣게 되어 기쁘다. 한 편의 낡은 단편소설 같다. 더 무슨 말을 하리. '한밤중에 여직공 하나가 겁탈당했다'. 침침한 이 안개를 안고 우린 때로 침침하게 어딘가를 헤매며 산다.

멜랑콜리아

진은영

그는 나를 달콤하게 그려놓았다
뜨거운 아스팔트에 떨어진 아이스크림
나는 녹기 시작하지만 아직
누구의 부드러운 혀끝에도 닿지 못했다

그는 늘 나 때문에 슬퍼한다
모래사막에 나를 그려놓고 나서
자신이 그린 것이 물고기였음을 기억한다
사막을 지나는 바람을 불러다
그는 나를 지워준다

그는 정말로 낙관주의자다
내가 바다로 갔다고 믿는다

"진은영의 시는 90년대 시의 서정적 동일성을 거부하면서, 아직 제도화되지 않은 시적 발화의 숨죽인 목소리와 분열된 육성을 드러낸다."(이광호) 여기서 '분열된 육성'에 밑줄 그어본다. 이것이 분열된 의식의 다른 호명이자, 세상의 분열을 엿본 자의 목소리를 가리키는 것이라면 동년배 다른 시인—김행숙, 이장욱, 장석원—들과 함께 묶일 수도 있는 대목이다. 그러나 진은영의 시에는 분열이란 단어가 환기하는 것 이상의 무엇이 있다. 습관화된, 타성에 젖은 눈과 귀, 후각과 미각 그리고 촉각을 보기 좋게 배반하는 구절들이 곳곳에서 반짝이고 있어서다.

위의 글은 시집 『우리는 매일매일』을 소개하는 출판사의 글이다. 낯설다. 멈칫거린다. 시 속으로 들어가 돌아다니고 싶으나, 나는 아주 생소한 듯한, 그러나 어디서 본 듯도 한 이 시의 이미지들과 풍경들을 바라본다. 시 안으로 들어가지 않고 시의 밖에서, 시의 신비함에 젖어 지금 내게 닥친 힘든 삶을 잠시 낙관해본다. 신비하고 신기하다. 아름답다, 라는 말이 내 깊은 곳에서 자꾸 밀고 올라온다. 나는 그렇게 시 앞에 서 있다.

발끝의 노래

신영배

바람이 문자를 가져간다
이것은 창가에 매달아놓은 육체 이야기

창문을 열면
귀에서 귀로 냄새가 퍼졌다

그 발바닥을 보려면
얼굴을 바닥에 붙여야 하지
아무도 공중에 뜬 자국을 보지 못한 때
문자가 내려와 땅을 디디려는데
바람이 그것을 가져갔단 말이지

구더기처럼 그림자가 떨어졌다

한 줄 남기고 다 버려 우리들의 문학수업

시외로 가는 차량 근처에 너를 떼어버리고 오다
멀리멀리 가주렴 문장아, 내가 사랑했던 남자야

살갗 같았던 문장과 이별하고도
아름다운 시 한 편 쓰지 못하는 나는
목만 끊었다 붙였다

태양 아래 서서 부르는 노래
내 그림자 길이만큼 땅을 판다
내 그림자를 종이에 싼다
내 그림자를 땅에 묻는다
내 그림자 무덤에 두 번의 절
그리고 축문

오늘 나는 그림자 없이 일어선다
흰 눈동자의 날
빛이 들어오지 않는 방을 완성할 즈음
내 발목을 잡는 검은 손
어제 장례를 치른 그림자가 덜컥 붙는다
발끝을 내려다봐
끊은 목 아래
꿈틀거리는 애벌레들

이별은 계속된다

바람이 문자를 가져간다
이것은 창가에 매달아놓은 육체 이야기

붙이고 붙인 살덩이를 끊고 끊어
차분히 내려놓을게
공중에 뜬 발바닥 아래로

다 내려놓을 테니 다 가져가란 말이지

낯설다. 독특하다. 이해하기 힘든 이미지들이 서로 충돌하지 않고 비껴가버린다. 같이 산 것이 남자인지 아니면 내 안에 살았던 '문장'인지 이해가, 해석이 불가능하다. 아무리 애를 쓰고 읽고 읽고 또 읽어도, 이 낯선 문장들은 그림자가 없는 것 같다. 이 모호함, 난해함, 혼돈, 뒤죽박죽, 혼자만 아는 것 같은 자폐적인 문장들이 주는 분위기는 가히 엽기에 가깝다. 자폐란 자기와의 깊은 대화 아닌가. 젊은 시인들에게서 흔히 나타나는 이 낯선 문장들이 주는 혼란은 어디서 오는 것일까. 시인이 무슨 말을 하려고 하는지 금방 들통이 나는 뻔한 아픔과 고통과 괴로움과 전망에 질린 듯 보이는 젊은 시인들의 시는, 이 혼돈의 시대에 자기하고만이라도 대화를 하고 싶은 것이 아닐까. 이건 우울이다. '장례를 치른 그림자가 덜컥 붙다'니. 그러나 가만히 들여다보면 이별의 아픔 같기도 하다. 실은 사랑도 이별도 밑도 끝도 없는, 사랑의 그림자도 없는 이 앙상한 시대가 엽기적이다.

명아주

황인숙

어렸을 때 명아주 밭에 들어간 적이 있다
보드라웠던 듯도 하고 까실했던 듯도 하다
무뚝뚝했던 듯도 하고 나른했던 듯도 하다
튼실했던 듯도 하고 생기 없었던 듯도 하다
지금 무슨 냄새를 맡았는데,
설명할 수는 없지만 명아주 냄새다
가시철망에 둘러싸였던 듯도 하고
연탄재가 뒹굴었던 듯도 하다
근처에 호박꽃이 피었던 듯도 하고 저녁이었던 듯도 하고
교회 종소리가 들렸던 듯도 하다
우리 동네였던 듯도 하고 아니었던 듯도 하고
하늘 높이 새털구름이 흩어져 있었던 듯도 하고
아무튼 나지막이
명아주 밭이었다
그리운 듯도 하고 아닌 듯도 한.

이 시를 읽고 있으면 나른해지고 가물가물해진다. 꿈속에서
어딘가 헤매는 것 같고, 무엇인가 잡힐 것 같은데 실제로는 빈
손이고, 몸과 마음이 권태로워지지만, 나도 이 시에다가 무슨
말인가를 보태지 않으면 안 될 것도 없는데 그러면 안 될 것 같
다. 듯도 하고, 듯도 하다, 는 끝이 없다. 이 지루하고 나른한
고양이 낮잠 같은 날들이여!

남겨진 가을

이재무

움켜쥔 손 안의 모래알처럼 시간이 새고 있다
집착이란 이처럼 허망한 것이다
그렇게 네가 가고 나면 내게 남겨진 가을은
김장 끝난 텃밭에 싸락눈을 불러올 것이다
문장이 되지 못한 말들이
半空 걷다가 바람의 뒷발에 채인다
추억이란 아름답지만 때로는 치사한 것
먼 훗날 내 가슴의 터엔 회한의 먼지만이 붐빌 것이다
젖은 얼굴의 달빛으로, 흔들리는 풀잎으로, 서늘한 바람으로,
사선의 빗방울로, 박 속 같은 눈꽃으로
너는 그렇게 찾아와 마음의 그릇 채우고 흔들겠지
아 이렇게 숨이 차 사소한 바람에도 몸이 아픈데
구멍 난 조롱박으로 퍼 올리는 물처럼 시간이 새고 있다

다시 그의 시 구절을 읽는다. 읽어보라.

'그렇게 네가 가고 나면 내게 남겨진 가을은 / 김장 끝난 텃밭에 싸락눈을 불러올 것이다 / 문장이 되지 못한 말들이 / 쑤쑤 걷다가 바람의 뒷발에 채인다 / 추억이란 아름답지만 때로는 치사한 것 / 먼 훗날 내 가슴의 터엔 회한의 먼지만이 붐빌 것이다'.

되돌아가서 다시 이 구절을 읽어보라.

시인이 말한다. 사랑을 낭비하지 말라. 돌아온 가을이 슬펐던 것처럼 남겨진 가을도 슬프구나. 집착하지 말라고 하지만 어찌 집착을 버리랴. 사랑은 진짜 치사하다. 붐빌 먼지마저 없다면 사랑은 그 얼마나 허망하리.

양떼 염소떼

이문재

아주 편안한 걸음으로 해 지는 서편으로 걸어갈 수 있다면
풀피리 소리 잔등이나 이마 쪽에서 천천히 풀어지고
양떼 사이로 흐르는 강을 따라 침엽수 무성한
모래밭에 발자국을 남길 수 있다면
발자국이 아주 오래도록 남아 있어
적은 양의 빗물도 고이게 하고 풀잎들을 물에 지치게 하고
가장 가까운 계곡을 찾아내 스스로 흘러나가게 하고
양떼 염소떼 하늘로 올라가 구름의 형상으로 자라나
저것이 양떼 구름이야 염소떼 구름이야 하고
지상의 슬픈 민족들이 신기해하거나 즐거워할 수 있다면
나는 양떼 염소떼 수천 마리 이끌고 어떤 종교의 발생지처럼
죽는 곳을 죽을 때까지 가꾸어놓을 수 있다

혼자 술을 마시다가 문재는 나한테 전화를 한다. 내가 문재
와 "문재야, 문재야" 하며 전화를 하면 어머님은 "야야, 뭔 문
제 생겼냐?"라고 한다. 어느 날 새벽에 전화가 와서 화들짝 놀
라 받았더니, 느닷없이 "형 똥 굵어? 나는 가늘어. 나 암인가
봐" 한다. 잠결에 들어도 문재 목소리다. 너 어디냐 그랬더니
전라선 기차란다. 기차가 어둠을 뚫고 새벽을 달린다니, 기차
가 뭣 같다는 생각을 하다 다시 잠이 들었다. 이런 문재란 놈,
늘 이렇게 문제다. 이놈 문제야, 한번 놀러오너라. 양떼구름을
따라 해지는 서편으로 둘이 한번 걷자꾸나. 까짓것 못할 것도
없지 않느냐.

나생이

김선우

나생이는 냉이의 내 고향 사투리
울 엄마도 할머니도 순이도 나도
나생이꽃 피어 쇠기 전에
철따라 다른 풀잎 보내주시는 들녘에
늦지 않게 나가보려고 조바심을 낸 적이 있다
아지랑이 피는 구릉에 앉아 따스한 소피를 본 적이 있다

울 엄마도 할머니도 순이도 나도
그 자그맣고 매촘하니 싸아한 것을 나생이라 불렀는데
그때의 그 '나새이'는 도대체 적어볼 수가 없다

흙살 속에 오롯하니 흰 뿌리 드리우듯
아래로 스며드는 발음인 '나'를
다치지 않게 살짝만 당겨 올리면서
햇살을 조물락거리듯
공기 속에 알주머니를 달아주듯
'이'를 궁글려 '새'를 건너가게 하는

그 '나새이',

허공에 난 새들의 길목
울 엄마와 할머니와 순이와 내가
봄 들녘에 쪼그려 앉아 두 귀를 모으고 듣던
그 자그마하니 수런수런 깃 치는 연둣빛 소리를
그 짜릿한 요기(尿氣)를

나생이, 냉이, 나승게라고도 한다. "찔레 먹고 찔려서 나승게 먹고 나았다"라는 노래 구절이 있다. 겨울 동안 자기 색을 죽이고 있다가 봄이 되었다 싶으면 재빨리 색을 찾아 몸을 드러낸다. 개냉이도 있는데, 촉촉하게 젖은 땅에서 자라 꽃피운다. 꽃이 십자 모양이다. 꽃은 자세히 들여다보아야 보인다. 흰색이어서, 햇살이 너무 좋은 날은 잘 보이지 않는다. 냉이국은 된장을 넣고 끓여야 한다. 봄나물들이 대개 그렇듯 냉이도 '온몸'을 넣어 끓인다. 쌉소롬하다. 풀 중에 쓴 것은 다 먹는다. 비위 허약, 당뇨병, 소변불리, 토혈, 코피, 월경과다, 산후출혈, 안질, '그 짜릿한 요기' 등에 좋다. 다 좋네, 뭐.

　몇 년 전 전주에서 문학 행사가 있을 때 내가 그 행사에 대한 방송을 진행하게 되었다. 같이 진행을 할 여성이 내 곁에 서 있었다. 하도 세련되고 예뻐서 나는 언제부터 이 방송국에서 일하는 아나운서냐고 물었다. 그랬더니 그 여성이 "선생님, 저 김선우예요" 했다.

물의 베개

박성우

오지 않는 잠을 부르러 강가로 나가
물도 베개를 베고 잔다는 것을 안다

물이 베고 잠든 베갯머리에는
오종종 모인 마을이 수놓아져 있다

낮에는 그저 강물이나 흘려보내는
심드렁한 마을이었다가
수묵을 치는 어둠이 번지면 기꺼이
뒤척이는 강물의 베개가 되어주는 마을,

물이 베고 잠든 베갯머리에는
무너진 돌탑과 뿌리만 남은 당산나무와
새끼를 친 암소의 울음소리와
깜빡깜빡 잠을 놓치는 가로등과
물머리집 할머니의 불 꺼진 방이 있다

물이 새근새근 잠든 베갯머리에는
강물이 꾸는 꿈을 궁리하다 잠을 놓친 사내가

강가로 나가고 없는 빈집도 한 땀,

물의 베개에 수놓아져 있다

　우리의 서정은 끊임이 없이 육지로 들어왔다가 바다로 나갔다가 도로 육지로 들어오는 파도 같았다. 아슬아슬한 이 자연 순환놀이는 빛나는 서정의 달빛 항아리를 빚어내기도 했다. 그 서정은 현실을 담아내려는 몸짓으로 안간힘을 쓰기도 했고, 때로 현실을 설득했다. 김소월에서 꽃을 피우기 시작한 이 현대적 서정은 때로 애틋한 누이의 시로 철없이 현실을 방기하기도 하고, 허무와 염세적인 세계를 얻기도 했다. 가난에서 아직 벗어나지 못한 박성우의 서정은 어디에 닿아 있는가. 그의 서정은 낡았으나, 피폐한 농촌의 베개를 적신다. 아직도 우리는 저 머나먼 슬픔을 베고 자는 것이다. 파도는 철썩이며 아직도 항아리를 빚고 있다. 박성우는 그 항아리에 그림까지 그려놓고 싶은 모양이다.

저곳

박형준

공중(空中)이란 말
참 좋지요
중심이 비어서
새들이
꽉 찬
저곳

그대와
그 안에서
방을 들이고
아이를 낳고
냄새를 피웠으면

공중이라는
말

뼛속이 비어서
하늘 끝까지
날아가는
새떼

한때 나는 박형준하고 박형진하고 이름이 헷갈렸다. 문학잡지에서 시인의 이름을 자세히 보지 않고 시를 읽다가 이 사람 박형진 아닌데, 하며 돌아가서 이름을 보면 박형준이었다. 박형준도 마찬가지로 그렇게 헷갈릴 때가 있었다. 2009년 백석문학상 시상식에서 박형준이 사회를 보았는데, 아주 잘 보았다. 사회를 잘 보는 사람들은 침착하다. 새의 뼛속은 비어 있다. 공중으로 높이 가볍게 날기 위해서일 것이다. 날아가면서 내 머리 위에 싸가지 없이 똥을 찍 갈기는 것도 몸을 가볍게 하기 위해서일 것이다. 단정하고 쉬운 표현이 시의 욕심을 비웠다. 이 시를 읽고 있으면 나도 금방 붕 날아오를 것 같다. 날아오를 수 있을 때까지 몸을 비워 공중부양해볼까. 나는 틀렸다. 나는 욕심의 가짓수가 너무 많다.

동사무소에 가자

이장욱

동사무소에 가자
왼발을 들고 정지한 고양이처럼
외로울 때는
동사무소에 가자
서류들은 언제나 낙천적이고
어제 죽은 사람들도 아직
떠나지 못한 곳

동사무소에서 우리는 前生이 궁금해지고
동사무소에서 우리는 공중부양에 관심이 생기고
그러다 죽은 생선처럼 침울해져서
짧은 질문을 던지지
동사무소란
무엇인가

동사무소는 그 질문이 없는 곳
그 밖의 모든 것이 있는 곳
우리의 일생이 있는 곳
그러므로 언제나 정시에 문을 닫는

동사무소에 가자

두부처럼 조용한
오후의 공터라든가
그 공터에서 혼자 노는 바람의 방향을
자꾸 생각하게 될 때

어제의 경험을 신뢰할 수 없거나
혼자 잠들고 싶지 않을 때
왼발을 든 채
궁금한 표정으로
우리는 동사무소에 가자

동사무소는 간결해
시작과 끝이 무한해
동사무소를 나오면서 우리는
외로운 고양이 같은 표정으로
왼손을 들고
왼발을 들고

어딘지 낯설고도 친근한 것 같고, 어딘지 딱딱하게 경직된 얼굴들, 일하다가 고개 든 무심한 동사무소 직원들의 얼굴이 스쳐 지나간다. 마치 딴 나라 같은 그곳, 되돌아 나오면 어쩐지 한 건 해낸 듯 안도의 한숨이 나오는 그곳, 동사무소. 산 자를 신고하고 죽은 자를 신고하는 곳, '죽은 생선처럼 침울해져서 짧은 질문을 던지'는 곳, 수족관 안을 들여다보는 것 같은 스산한 풍경들이 살아 있는 낡은 책상들 사이로, 일반인들은 들어설 수 없는 그곳. 무지무지 심심한 곳. 까닭 없이 조용하게 경직된 그곳. 따지고 드는 불평불만에 시달려서 혹은 사람들에게 질려서 그런지 몰라도 동사무소 직원들은 피 없는 목석같이 보일 때가 있다. 관료다. 새로 나온 말들 중에, 우리나라에는 공무원과 일반인이 있다는 말이 있다. 그 전에는 군인 아니면 사람이라는 말이 유행한 적도 있다. 모두 절대적으로 서로 다르다는, 비인간적인 무서운 말이다.

음악들

박정대

너를 껴안고 잠든 밤이 있었지, 창밖에는 밤새도록 눈이 내려 그 하얀 돛배를 타고 밤의 아주 먼 곳으로 나아가면 내 청춘의 격렬비열도에 닿곤 했지, 산뚱 반도가 보이는 그곳에서 너와 나는 한 잎의 불멸, 두 잎의 불면, 세 잎의 사랑과 네 잎의 입맞춤으로 살았지, 사랑을 잃어버린 자들의 스산한 벌판에선 밤새 겨울밤이 말달리는 소리, 위구르, 위구르 들려오는데 아무도 침범하지 못한 내 작은 나라의 봉창을 열면 그때까지도 처마 끝 고드름에 매달려 있는 몇 방울의 음악들, 아직 아침은 멀고 대낮과 저녁은 더욱더 먼데 누군가 파뿌리 같은 눈발을 사락사락 썰며 조용히 쌀을 씻어 안치는 새벽, 내 청춘의 격렬비열도엔 아직도 음악 같은 눈이 내리지

『내 청춘의 격렬비열도엔 아직도 음악 같은 눈이 내리지』,
일단 시집 제목이 길기도 하지요. 그리고 '격렬비열도' 라는 말
이 낯설지요. 격렬비열도는 충청남도 태안군 근흥면에 속하는
섬들입니다. 사람이 사는 북격렬비도와 사람이 살지 않는 동격
렬비도, 서격렬비도로 이루어져 있답니다. 나는 가보지 못했네
요. 격렬비열이라는 말이, 격렬해지고 비장해지는 긴장감을 주
지요. 그러나 음악 같은 눈이 내리는군요. 여인을 껴안고 자는
밤이니, 참 좋기도 하겠네요. 이보다 아름다운 밤이 또 어느 섬
에 있겠습니까.

모모

황병승

악성 독감에 걸린 모모는 이불을 뒤집어쓰고
나답게 살자, 나답다는 것은 무엇인가, 어쨌거나 나답게 살
아야 해
다짐하며 밤새도록 열에 시달린 새벽

바다가 호수가 되고 처녀가 수염을 기르고
토끼가 사자를 쫓는 악몽에서 깨어난 뒤
모모는 자기도 모르게 바보 천지가 되어
나답게 살자는 지난밤의 다짐을 잊고
콜록콜록 죽은 할아버지의 곰방대를 훔쳐
집을 나갔다

모모…… 그는 어디에서 어떤 모습으로 담배를 태우고 있
을까
그러나 모모는 그다지 멀지 않은 곳에서
모와 모가 갈갈이 찢겨진 이상한 모습을 바라보며
깊은 고민에 빠져 있었다

모모는 말했다

모모는 이제 아무런 의미가 없구나,
모와 모는 이제 아무런 의미가 없어……
모모는 찢겨진 채로 12월을 맞았고
성탄절의 밤, 색색의 전구를 매단 트리와
음식 냄새로 가득한 옛집으로
모모는 자기도 모르게, 언젠가 한 번 와본 적이 있는데, 그렇게
바보 천지인 채로 돌아오게 되었다

안녕하십니까, 어르신들
혹시 남은 음식이 있다면, 제게도 좀 나누어 주시겠습니까?
모모의 부모는 기절할 듯한 표정으로 모모를 와락 끌어안으며 울음을 터뜨렸고,
모모의 어린 여동생은 모모에게 다가가 냉랭한 목소리로 말했다
"이 살인마, 왜 그랬어, 바보 새끼, 뛰어내려!"

모모는 따듯한 수프와 훈제 요리를 허겁지겁 입으로 가져가며

있어도 그만 없어도 그만인 모와 모에게
들릴 듯 말 듯한 소리로 속삭였다
'이자들이 나를 어리둥절하게 하는군'
식사를 마친 모모는 누구의 것인지 모를 곰방대에
불을 붙였다 그리고 어떤 식으로든 말이 통할 것 같지 않은
두 늙은이와 어린 계집애에 대한 생각을 잠시 멈추고
자신을 뚫어지게 바라보고 있는 그들을 향해 큰 소리로 말
했다
"이보시오! 실은 내가 말이오, 당신들도 어쩌면 눈치 챘겠
지만 나는 사람의 탈을 쓴, 사납기 그지없는 늑대올시다! 허
허 허, 배불리 먹여줘서 고맙긴 한데 나는 은혜 따위 모르는
들짐승, 이제 슬슬 배은망덕을 좀 보여드릴까?!"

모모의 부모는 근심 어린 얼굴로 모모의 두 손을 꼭 쥐었다
모모의 어린 여동생은 모모를 작은 발로 걷어차며
여전히 연극배우의 대사를 흉내 내는 듯한 말투로 소리쳤다
"너 때문에, 내 인생이 꼬였어!!"

모모는 두 늙은이와 어린 계집애에게 사로잡혀

겨우내 담배를 태우며 지냈다
모모는 어떻게 어떤 식으로 살아가야 할까
밤새도록 고민의 고민을 거듭하던 밤
호수가 바다가 되고 처녀가 수염을 자르고
도망치던 사자가 덥석 토끼를 낚아채는 꿈에서 깨어난 뒤
모모는 문득, 모와 모에 대한 기억을 되찾고
나답게 살자, 나답다는 것은 무엇인가, 어쨌거나 나답게 살
아야겠다는
오래전의 다짐을 떠올리고
모모는 더 이상 모와 모가 아닌 모모에게 되새기듯 말했다
모모는 언제나 의미가 없구나,
모모는 언제나 의미가 없어
모와 모가 모모가 된들 달라질 것은 없단 말이지

모모는 어느새 새처럼 가벼운 마음이 되었다
가도 그만 안 가도 그만인 겨울이 가고
이듬해 모모는 아랫마을의 처녀와 결혼식을 올렸다
행복해도 그만 행복하지 않아도 그만이었다

세월이 흘러, 어느덧 모모의 어린 여동생은 어엿한 처녀가
되었고

"왜 그랬어, 바보 새끼, 그럴 거면서!"

언제나 변함없는 말투 그대로였으며

모모의 늙은 부모 또한, 항상 모모의 두 손을 꼭 쥐어주었다.

문학평론가들은 다소 겁먹은 표정으로 황병승의 시에 대해 이렇게 말한다. "기표의 놀이를 통해 우리가 잃어버렸던 세계의 원형을 복원하려는, 거의 불가능에 가까운 작업을 해내고 있다"(권혁웅), "한국 현대시의 진정성에 대한 이념과 그 지루한 표준성을 날려버릴 강력한 뇌관"(이광호). 그렇다. 황병승은 문학적인 친족이 없어 보인다. 다 무시한다. 거칠 것이 없는 듯 들개처럼 들판을 달리는 이 시인의 모습은 가히 반항아의 표본 같다. 호주머니에 두 손을 찌르고 허리를 약간 굽히고 껌을 씹으면서 오른발을 까닥까닥하며 사람을 어르고 있다면, 그곳이 도시의 뒷골목이라면 이 사내는 틀림없이 귀여운 제임스 딘이다. 이런 모습 때문에 나는 이 사내와 이창동 감독의 영화 〈시〉를 찍었다. 영화 속에서 이 사내는 '현대시의 진정성에 대한 이념과 그 지루한 표준성'을 지닌, 낡을 대로 낡아 어디 써먹을 데가 없는 시인인 나를 향해 이렇게 내뱉는다. "시 같은 건 죽어도 싸."

낙화유수

함성호

네가 죽어도 나는 죽지 않으리라 우리의 옛 맹세를 저버리지만 그때는 진실했으니, 쓰면 뱉고 달면 삼키는 거지 꽃이 피는 날엔 목련꽃 담 밑에서 서성이고, 꽃이 질 땐 붉은 꽃나무 우거진 그늘로 옮겨가지 거기에서 나는 너의 애절을 통한할 뿐 나는 새로운 사랑의 가지에서 잠시 머물 뿐이니 이 잔인에 대해서 나는 아무 죄 없으니 마음이 일어나고 사라지는 걸, 배고파서 먹었으니 어쩔 수 없었으니, 남아일언이라도 나는 말과 행동이 다르니 단지, 변치 말자던 약속에는 절절했으니 나는 새로운 욕망에 사로잡힌 거지 운명이라고 해도 잡놈이라고 해도 나는, 지금, 순간 속에 있네 그대의 장구한 약속도 벌써 나는 잊었다네 그러나 모든 꽃들이 시든다고 해도 모든 진리가 인생의 덧없음을 속삭인다 해도 나는 말하고 싶네, 사랑한다고 사랑한다고…… 속절없이, 어찌할 수 없이 어찌 사랑한다고 말할 수 없겠는가. 그 감출 수 없는 아무것도 말릴 수 없는 사랑을 어찌 사랑한다고 말하지 않겠는가. 그러면 된다. 사랑한다고 말할 수밖에 없으면 그게 사랑이다. 사랑이면 된다. 진정이면 된다. 죄 없다. 죄도 아름다운 게 사랑이니. 독이다. 아무리 아니라고 우겨도 마음은 그쪽이다. 어쩔 수 없이, 그게 사랑이다. 오는 길도 갈 길도 없는 캄캄한 사랑 때문에 사람들은 살고 죽는다. 누구나 그 길 없는 사랑의 길 앞에 꼼짝 못한다. 사랑은, 죽을 각오도 아직 안 세웠는데 난데없이 오고 슬그머니 간다.

ㅎ방직공장의 소녀들

이기인

목화송이처럼 눈은 내리고
ㅎ방직공장의 어린 소녀들은 우르르
몰려나와 따뜻한 분식집으로 걸어가는 동안…… 제 가슴
에 실밥
묻은 줄 모르고
공장의 긴 담벽과 가로수는 빈 화장품 그릇처럼
은은한 향기의 그녀들을 따라오라 하였네
걸음을 멈추고
작은 눈
뭉치를 하나 만들었을 뿐인데,
묻지도 않은 고향 이야기를 늘어놓으면서…… 늘어놓으면
서 어느덧
뚱뚱한 눈사람이 하나 생겨나서
그
어린 손목을 붙잡아버렸네
그녀가 난생처음 박아준 눈사람의 웃음은 더없이
행복해 보였네

어둠과 소녀들이 교차하는 시간, 눈꺼풀이 내려왔네

ㅎ방직공장의 피곤한 소녀들에게
영원한 메뉴는 사랑이 아닐까,
라면 혹은 김밥을 주문한 분식집에서
생산라인의 한 소녀는 봉숭아 물든 손을 싹싹 비벼대며
오늘도 나무젓가락을 쪼개어 소년에 대한
소녀의 사랑을 점치고 싶어하네
뜨거운 국물에 나무젓가락을 둥둥
떠서, 흘러가고 소녀의…… 시간이 그렇게 흘러갔다고 분
식집 뻐꾸기가
울었네

입김을 불고 있는 ㅎ방직공장의 굴뚝이,
건장한 남자의 그것처럼 보였네

소녀들이 마지막 전선으로 총총 걸어가면서 휘파람을 불
었네

해마다 1월 1일이 되면 나는 신문 가판대로 달려가 신춘문예 시들을 읽는다. 새로운 세기가 시작된다고 세계가 난리법석을 피우고 난 날 아침에 이 시를 읽고 나서 한참을 멍하게 서 있던 기억이 난다. 공장 소녀들의 모습을 이리도 애잔하고 애처롭고 따뜻하게 그리다니, 공장의 굴뚝, 눈사람, 분식집, 젓가락, 메뉴, 실밥 들이 눈송이처럼 쏟아지는 느낌을 받아 나는 빈 하늘을 바라보며 한참을 서 있었다. 그리고 눈이 까맣고 어깨가 둥그스름한 소녀들이 공장 문을 나서 분식집으로 달려가는 모습에 고개를 떨구었다. 사람들은 이 시를 노동 시로 구분하지만 나는 그렇게 시를 무슨 시 무슨 시로 나누는 것에 대해 예나 지금이나 못마땅하다. 이 시는 끝내 애잔하게 슬프고 따뜻하고 아름다운 시다. 내리는 함박눈은 포근해 보이나, 내 손등에 떨어진 눈송이는 차디차다.

동질(同質)

조은

이른 아침 문자 메시지가 온다
──나 지금 입사시험 보러 가. 잘 보라고 해줘. 너의 그 말이
필요해.
모르는 사람이다
다시 봐도 모르는 사람이다

메시지를 삭제하려는 순간
지하철 안에서 전화를 밧줄처럼 잡고 있는
추레한 젊은이가 보인다

나도 그런 적이 있었다
그때 나는 잡을 것이 없었고
잡고 싶은 것도 없었다
그 긴장을 못 이겨
아무 데서나 잠이 들었다

망설이다 나는 답장을 쓴다
──시험 잘 보세요, 행운을 빕니다!

'그때 나는 잡을 것이 없었고 / 잡고 싶은 것도 없었다 / 그 긴장을 못 이겨 / 아무 데서나 잠이 들었다'. 이래 본 적이 있는 사람은 안다. 나도 그랬다. 아무것도 잡을 것이 없으면 그 긴장을 못 이겨 돌아다니다가 사람들이 많이 모이는 정류장 의자에 앉으면 맘이 편해지고 잠이 잘 들었다. 큰집 제사에 가서 아무 데나 누우면 그렇게 잠이 잘 들었다. 아니면 강변을 헤맸다. 강을 따라 걷다가 다시 강물에 몸을 적시고 강물을 건너갔다. 따사로운 햇살이 비치는 봄이나 가을날이면 강변 커다란 바위 뒤에 앉아 햇살이랑 마른 풀잎이랑 마른 풀잎을 지나는 바람 소리랑 놀다 잠이 들곤 했다. '추레한 젊은이'가 나였다. 그였다. 한때 어떤 경우로도 견딜 수 없는 외로운 청춘이었다.

늙은 여자

최정례

한때 아기였기 때문에 그녀는 늙었다
한때 종달새였고 풀잎이었기에
그녀는 이가 빠졌다
한때 연애를 하고
배꽃처럼 웃었기 때문에
더듬거리는
늙은 여자가 되었다
무너지는 지팡이가 되어
손을 덜덜 떨기 때문에
그녀는 한때 소녀였다
채송화처럼 종달새처럼
속삭였었다
쭈그렁 바가지
몇 가닥 남은 허연 머리카락은
그래서 잊지 못한다
거기 놓였던 빨강 모자를
늑대를
뱃속에 쑤셔넣은 돌멩이들을
그녀는 지독하게 목이 마르다

우물 바닥에 한없이 가라앉는다
일어설 수가 없다
한때 배꽃이었고 종달새였다가 풀잎이었기에
그녀는 이제 늙은 여자다
징그러운
추악하기에 아름다운
늙은 주머니다

한 편의 소설이고 한 편의 영화다. 어찌 그리 쉽게도 늙어버렸는가. 어찌 그리 빨리 달려 와버렸는가. 사는 게 순간이다. 눈 깜짝이다. 금방이다. 바람이다. 무상이다. 부질없고 덧없다. '한때 배꽃이었고 종달새였다가 풀잎이었기에' 그 추억을 담고 있는 늙은 주머니는 아름답다. 정말 생이 아름다울 수 있을까? 내가 늙은 주머니가 되면…….

수박

고형렬

이상하다, 이번에는 수박이다. 줄기가 기어간다. 줄기가 어둠 바닥까지 기어나갔다. 그 끝은, 가끔 개의 앞발이 돌무덤을 파던 곳. 굼벵이와 나비들이 몰래 노는 곳

어둠과 볕이 가까운, 눈멀기 쉬운 경계의 도로표지판이 서 있는 앞쪽,

그곳이 이 수박밭의 끝이다.

문득 수박줄기는 포복을 멈췄다,

더 갈까? 순이 뒤돌아본다. 참 오래 한 일이지만 무작정 간다고 되는 법이 없는 것을 안다. 잎에 가린 뿌리 쪽이 보이지 않는다. 둥지를 틀고 머리를 감아올린다. 저쪽에서 물 들어오는 소리 들린다. 두더지가 줄기라도 물어뜯는 날엔 끝장이다. 식물이라고 위험이 없는 건 절대 아니니까.

수박의 눈은 멀리 뻗어나온 귀여운 줄기 끝,

줄기 밑으론 마디가 있어, 실뿌리 마디는 땅내를 맡고. 오직 수원은 저 대한민국 양평 이 수박밭이다. 거기서만 물을 대준다. 그리고 아무도 어떻게 할 수 없는 태양이 하늘에 있는 법. 낮의 태양에 대해서 말해 뭘 할까, 그러나 수박은 태양

하나만 믿지 않는다.

　그것이 제일 좋은 자율성

　그러니까 이번에는 수박으로 태어났다.

　뿌리는 깊지 않으나 표토의 모든 양분을 비로 쓸듯 가져간다. 퇴비, 죽은 벌레, 쇠똥, 계분. 수박이 좋아하는 이름들은 만나면 뒤섞인다.

　이렇게 수박도 수박을 기르다 정이 들어, 수박밭은 골라지고 말문이 열린다.

　이 평화 속에서 수박은 햇살을 수분에 섞어 당분을 만든다. 절묘한 기술

　수박밭을 기웃대는 옥수수는 내년엔 수박이고 싶은 얼굴.

식물도 윤회하지만, 글쎄 아무나 수박이 되는 건 아닐 테지.

수박도 모르는 일이 있어, 내년엔 어디로 건너갈까?

　그러나 이 밭은 내년에도 수박밭일 확률이 높다.

　어림잡아 이 둑 너머는 옥수수밭. 내년에도 이 근처 어디서 우리는, 지금처럼 수박이든 옥수수든 황금땀방울

비가 올 것 같다. 주인이 삽을 들고 나온다. 수로를 낼 모양이다. 수박은 다 안다.

우리는 가만히 있으면 된다. 아프리카에서부터 수박은 늑대새끼들처럼 돌아다니며 아무 데서나 사냥하고 새끼 치지 않았으니까.

눈 내리는 겨울, 우리가 어디 있는지 가끔 궁금해 출출할 때 있지만,

수박은 평범한 다년생이 아니다. 녹색의 천둥 번개를 찍으며 한여름만 살다 가는 일년초다.

이 시를 읽고, 읽고 또 읽고 나서 이 시인에게 전화를 했다.
이 글을 쓰기 시작해서도 몇 번이고 읽는다. '더 갈까? 순이 뒤
돌아본다' '가끔 개의 앞발이 돌무덤을 파던 곳' '식물이라고
위험이 없는 것은 절대 아니니까' '이 밭은 내년에도 수박밭일
확률이 높다' '주인이 삽을 들고 나온다' '우리가 어디 있는지
가끔 궁금해 출출할 때 있지만'. 이 말들이 그리는 아름다운 그
림은 내가 수박밭에 서 있는 느낌을 준다. 어쩌면 이렇게 시를
쓸까. 시인은 시로 우주를 그린다. 시인이 못 갈 곳은 없다. 시
인의 '순'이 못 갈 곳은 없다. 또 한 번 읽는다. '저쪽에서 물
들어오는 소리 들린다.' 많은 시인들이 자연으로 귀의했다. 기
계화한 사고와 도시의 부속품이 되어가는 인간에 대한 저항이
리라. 무엇을 잡으려는 간절한 손같이 수박 순이 가고 싶은 곳,
잡고 싶은 것은……

.

중과부적(衆寡不敵)

김사인

조카 학비 몇 푼 거드니 아이들 등록금이 빠듯하다
마을금고 이자는 이쪽 카드로 빌려 내고
이쪽은 저쪽 카드로 돌려 막는다 막자
시골 노인들 팔순 오고 며칠 지나
관절염으로 장모 입원하신다 다시
자동차세와 통신요금 내고
은행카드 대출 할부금 막고 있는데
오래 고생하던 고모 부고 온다 조문하고 막 들어서자
처남 부도나서 집 넘어갔다고
아내 운다

'젓가락은 두 자루, 펜은 한 자루…… 중과부적!' (노신)

이라 적고 마치려는데,
다시 주차공간미확보 과태료 날아오고
치과 다녀온 딸아이가 이를 세 개나 빼야 한다며 울상이다
철렁하여 또 얼마나 물으니
제가 어떻게 아느냐고 성을 낸다

민주당 정세균 대표는 지난해 7월 말 언론과 한 인터뷰에서 "미디어법을 날치기한 것은 여권이 영구집권을 위해 꾸민 전략전술"이라며 미디어법을 막기에는 중과부적임을 실토하기도 했다. 아! 우리에겐 또 말할 수 없는 중과부적들이 얼마나 쌓여 있는가.

이 시를 읽고 나서 시인에게 전화했다. 그는 느리고 더디게 웃었다. 문단에 느린 이가 세 명 있다. 김사인, 김이구, 박남준. 그중에 가장 느린 이는 꽃사슴으로 불리는 김사인이다. 김사인의 둘째 민규가 이를 세 개나 빼야 한다니, 거 참. 중과부적 중에서 가장 무거운 중과부적이네.

젊은 시가 내게로 왔다

우리 사회에 새로운 세대가 등장했다. 독재와 민주주의, 집단적인 빈곤으로부터 자유로운 세대의 등장은 우리 기성세대들에게는 '저 놈들 왜 저래' 그렇게, 낯설어 보인다. 어떤 집단의 가치든 억지로 교육할 수 없는 '글로벌'한 세대의 등장으로 우리 사회는 이제 새로운 질서와 가치 판단의 전환기에 이르렀다. 낡을 대로 낡은 도덕적인 강요나 윤리적인 따분한 훈계와 훈화는 이 세대들의 상상력을 자극하지 못한다. 시대착오적이고 전근대적인 지루한 이념에서 벗어나 자기 자신에게 충실하려는, 신세대들의 빳빳이 고개 쳐든 상상력은 어디로 튈지 모른다. 젊은 그들은 더 이상 자유에서 피의 냄새를 맡을 필요가 없어졌다. 이 건방진 '젊은 것들'은 오만불손하게도 단지 유복하게 자유롭다. 그러나 다시 생각해보자. "고국에 계신 동포 여러분!"이 올림픽에서 사라졌다고, 그렇다고 우리가 서운하고 그래서 그럼으로 그리하여 우리가 마침내 불행한가.

　송경동의 시를 읽으며 나는 격한 감정이 되살아나 그의 시집 『사소한 물음들에 답함』(창비)을 끝까지 읽을 수 없었다. 그는 이 땅의 민주화를 부르짖으며 청춘을 불사르던 함성들을 고스란히 이어받은 보기 드문 시인이다. '그가 간 것보다 / 한 시대가 간' (「김남주를 묻던 날」) 그 서러움을 그는 김남주의 죽음에서 본 것이다. 아니, 그 시대가 우리와 아무런 약속이 없었던 일처럼 사라진 신기루가 되어가고 있다. 타는 목마름으로 민주주의 만세를 외치던 우리 시대의 막둥이 송경동의 '이별사'는 그래서 절절하게 가슴을 친다.

　우리 사회는 이제 집단적인 막강한 조직의 힘을 지속하고 지탱하는 약속의 끈이 사라졌다. 그 어떤 사회적인 유형·무형의 약속으로도 세상을 긴장시키는 조직을 기대하지 못한다. 모였다가 흩어졌다가 전혀 다른 곳에서 번개처럼 집단을 이루고 환호하는, 낯익고 또 낯선 이 비조직적인 사회현상은 인터넷이 만들어낸 '번개팅'이다. 이제 자기 맘에 들면 모여 뜨겁게 환호하고 맘에 안 들면 모래알들처럼 썰렁하게 흩어진다. 말이 먹히질 않는다고 한탄하고 세상 탓할 일이 아니다. 세상은 변했다. 감동은 한 치의 오차도 없이 객관적인데 시대를 놓친 판단은 너무 주관적이어서 묵은 논에 물만 넘친다.

나는 문학과 사회, 역사를 논리적으로 해석하고 논할 만한 식견이 없다. 시문학을 평가할 능력이 애초에 내게는 없다. 그런 일들은 문학평론가들이 할 일이다. 나는 그저 이 시집을 엮으며 간간히 떠오르는 생각들을 여기 쓸 뿐이다. 나는 몇몇 젊은 시인들의 시에서 자전거를 타고 두 손을 놓아버린 손의 자유를 느꼈다. 손을 놓고 자전거를 타며 두 손으로 바람을 잡아본 적이 있는지 모르겠다. 손가락 사이를 지나는 상쾌한 바람을 온몸으로 들이켜본 적이 있는지 모르겠다. 그들은 더 이상 김소월도 김수영도 신동엽도 서정주도 황지우도 아니다. 그들은 전 세대에 부채를 느끼지 않는다. 시대적인 사명을 다한 식은 말들을 붙잡고 더 이상 사정하지 말라. 과녁을 놓친 갈망은 허탈하고 미련은 스스로의 입지를 좁혀 초라하게 한다. 나는 아직도 젖을 물고 징징거리는 문학적 가난이 싫다. 바람이 온몸을 뚫고 지나가게 하라. 철없는 고집과 미숙은 부패의 온상이 된다. 성숙은 타락이 아니다.

모아진 시들을 다 읽고 나서 세상을 둘러보니 나는 딴 세상에 와 있었다. 세상이 얼마나 달라져 있는지, 답답한 굴속을 막 빠져나온 후련함을 맛보았다. 젊은 시인들의 시를 이해하지 못한다고 나는 쉽게 말해왔다. 우리 시가, 우리가 어디에 와 있는지도 모르고 쉽게도 젊은 시인들을 외면해왔다. 추억은 사람들을 게으르게 하고 이것저것 쓸데없이 '보수' 하게 만든다.

새 물 만난 물고기처럼 물을 차고 뛰어오르는 이원의 시 「영웅」을 한번 읽어보라. 그가 타고 달리는 오토바이를 따라가보라. 그의 중심은 얼마나 외롭고 비장한가. '달리는 오토바이에서 나는 가끔은 뒤를 돌아봐 / 착각은 하지 마 지나온 길을 확인하는 것이 아니야 / 나도 이유 없이 비장해지고 싶을 때가 있어 / 생이 비장해 보이지 않는다면 / 대단해 보이지 않는다면 / 어느 누가 온몸이 데는 생의 열망으로 타오르겠어'. 첫 회를 보면 끝이 훤히 보이는 뻔한 연속극은 이제 다섯 살 어린이도 다 안다. '새의 둥지에는 지붕이 없다 / 죽지에 부리를 묻고 / 폭우를 받아내는 고독, 젖었다 마르는 깃털의 고요가 날개를 키웠으리라 그리고 // 순간은 운명을 업고 온다 / 도심 복판, / 느닷없이 솟구쳐오르는 검은 봉지를 / 꽉 물고 놓지 않는 / 바람의 위턱과 아래턱, / 풍치의 자국으로 박힌 // 공중의 검은 과녁, 중심은 어디나 열려 있다'(신용목, 「새들의 페루」에서). 이 시를 읽는 순간, 전혀 다른 시적 긴장과 감동이 온몸을 휩싸는 전율을 느꼈다. 다음 구절을 예감할 수 없어 두렵고 그 두려움을 만나는 순간 또 다른 두려움이 몰려든다. 그러나 한 편의 시에서 빠져나올 때 세상이 새로 보인다. 그게 사랑이다. 나는 이영광의 시들을 읽으며 치를 떤다. '죽인 자는 여전히 / 얼굴을 벗지 않고 / 心臟을 꺼내놓지 않는다 // 여전히 拉致 中이고 / 暴行 中이고 / 鎭壓 中이다 // 計劃的으로 / 卽興的으로 / 合法

的으로 / 사람이 죽어간다 // 戰鬪的으로 / 錯亂的으로 / 窮極的으로, 사람이 죽어간다'(「유령 3」에서). 그렇다. 우린 모든 논리를 잃었다. 역사의식과 철학이 없으니 시도 때도 없이 공사판이고, 시도 때도 없이 후진하고 어이없게 역발진한다. 야당도 없고, 여당도 없다. 민주주의도 독재도 연애도 그 모든 것들이 놀랍게도 '즉흥적'이고 '전투적으로 착란적'이다. 어떤 현상들은 너무나 잔인해서 부르르 몸서리가 쳐진다.

자본은 1초도 쉬지 않는다. 스스로 거대해지는 자본은 집단을 해체해 폐쇄적인 개인주의를 조장한다. 자본은 순간적이고 찰나적인 만족만을 유혹한다. 끊임없이 욕망을 새끼치고 개인을 고립시켜 파괴한다. 그 조준이 절대 빗나가지 않는다. 신속하고 한 치의 오차도 없다. 인간이 통제 불가능한 초권력의 조종자가 된다. 쇳소리 나는 기계들의 부속품들은 얼마나 비생물적으로 매정하게 개체적인가. 석유는 생명이 아니다.

젊은 시인들의 시 속에서 나는 근대를 넘어선 현대의 짙은 음영을 본다. 자본이 만든 도시의 음울하고 잔인한 음모가, 그 검은 손길이 인간을 넘보는 불안과 긴장의 냄새를 맡는다. 정말 너무나 난감해서 감당하기 힘든 문명 이전 같은 이 야만의 시대에 낯선 시들이 내게로 찾아와 나를, 내 온몸을 떨게 한다. 시인에게 꿈은 욕이다. 그러나 이 어인 헛것인가. 저기

저 강굽이에 버드나무 한 그루가 흐르는 물 위로 늘어져 물을
보며 새 눈을 틔운다.

2010년 봄 전주 태평동에서

김용택